마음이
다르면
보는게
다르다

마음이 다르면
보는게 다르다

1판 1쇄 인쇄 2022년 08월 24일
1판 1쇄 발행 2022년 08월 31일

지은이 김옥림
발행인 김주복

북디자인 디자인밥

발행처 서래
출판등록 2011.8.12. 제 35-2011-000038호
주소 서울시 동대문구 답십리 2동 한신아파트 2동 106호
대표전화 070-4086-4283, 010-8603-4283
팩스 02-989-3897
이메일 2010sr@naver.com

ISBN 978-89-98588-26-7 03810

마음이 다르면 보는게 다르다

• 김옥림 지음 •

서래books

사랑은 소유하지도, 소유 당할 수도 없는 것.

사랑은 다만 사랑으로 충분할 뿐이다.

_칼릴 지브란, 〈사랑에 대하여 중〉

모든 것은

한순간에 지나가 버린다.

그리고 지나간 것은

또다시 그리워지는 것이다.

_푸쉬킨

세상을 살아가는 데는 항상 한 걸음 물러설 줄 알아야 한다.

물러서는 것은 곧 나아가는 밑천이다.

사람을 대신하는 데는 항상 너그러워야 한다.

남을 이롭게 하는 것은 곧 자기를 이롭게 하는 것이다.

_채근담

진정으로 나를
사랑하는 길

사람에게는 저마다의 길이 있습니다. 그 길은 그 사람에겐 꿈이며 반드시 이루고 싶은 열망입니다. 그런데 우리가 가는 그 길이 장밋빛 카펫이 깔린 길이라면 얼마나 좋을까요. 그러면 너나 할 것 없이 살아가는 일이 순탄하여 삶을 축복이라고 여길 것입니다. 그러나 아쉽게도 살아가는 일은 오늘과 내일이 다르고, 내 일과 그 다음 날이 다른 불투명한 길입니다.

그러다 보니 그 길을 가다 보면 많은 일을 겪게 됩니다. 내가 원하는 대로 일이 이루어지기도 하고, 내가 생각지도 못한 일이 기쁨의 노래가 되기도 하고, 타인에 의해 희망을 발견하기도 합니다.

또한, 한편으로는 내가 원하지 않는 일을 겪기도 하는데 그것은 내 의지와는 상관없이 타인에 의해서 겪기도 하고, 나의 무지로 인해 겪기도 하고, 지나친 탐욕에 의해 겪기도 합니다.

이처럼 살아가다 보면 자의에 의해서든 타의에 의해서든 많은 일이 일어납니다. 그런데 이 모든 일을 자신의 의지대로 해 나갈 수도 있다는 것입니다. 그렇게 하기 위해서는 마음을 굳게 하고 실천적인 노력이 따라야 합니다. 가만히 누워서 이루어지는 것은 아무것도 없으니까요.

진정으로 자신을 사랑하기 위해서는 자신을 사랑할 수 있도록 해야 합니다. 자신을 사랑하는 일은 아무리 어렵고 힘들어도 자신의 빛나는 생을 위해 반드시 해야만 하는 것입니다.

"미지의 땅에서 막연히 여행을 소화하는 것만이 여행이라 생각하는 사람이 있는가 하면, 쇼핑만 하고 돌아오는 것이 여행이라고 생각하는 사람도 있다. 여행지의 이국적인 풍경을 바라보는 것에 만족하는 여행자도 있고, 여행지에서의 만남과 체험을 즐기는 여행자도 있다. 나아가 여행지에서의 관찰과 체험을 그대로 두지 않고 자신의 업무나 생활 속에 살려 풍요로워지는 사람도 있다. 인생이라는 여로에서도 그것은 마찬가지다. 그때그때의 체험과 보고 들은 것을 그저 기념물로만 간직한다면 실제 인생은 정해진 일만 반복될 뿐이다. 그렇기에 어떤 일이든 다시 시작되는 내일의 나날에 활용하고, 늘 자신을 개척해 가는 자세를 갖는 것이야말로 인생을 최고로 여행하는 방법이다."

_프리드리히 니체

인생을 최고로 여행하기 위해서는 보다 창의적이고 생산적인 삶을 살아야 합니다. 그것이 진정으로 자신을 사랑하는 길이며 최선의 길이기 때문입니다.

"진정 무엇인가를 발견하는 여행은 새로운 풍경을 바라보는 것이 아니라 새로운 눈을 가지는 데 있다."

_마르셀 프루스트

새로운 눈을 가지라는 것은 새로운 생각 즉, 창의적이고 생산적인 마인드를 가지라는 의미로 니체의 말과 같은 맥락으로 볼 수 있습니다.

이 책은 진정으로 자신을 사랑하기 위해서 마음에 새겨야 할 이야기를 담고 있습니다. 이를 마음에 새겨 날마다 기도하는 마음으로 자신을 살아갈 수 있다면 깊이 있는 사유와 자아의 기쁨을 누리게 됨으로써 오늘과 다른 나로, 보람 있고 뜻 있는 자신의 길을 열어 가리라 굳게 믿습니다. 자신의 인생을 최고로 여행하는 당신이 되기를 기원합니다.

김옥림

CHAPTER 1
나무처럼만
살아갈 수 있다면

CHAPTER 2
자신을 이롭게 하는
최선의 지혜

CHAPTER 3
행복은 언제나
자신의 곁에 있다

CHAPTER 4
참 좋은 인생으로
나를 사는 법

CHAPTER 5
지금은 내 인생에
가장 소중한 순간

걸음을 멈추지 않는다.

가까스로 여기까지 왔구나,

안심하며 뒤를 돌아보지도 않는다.

앞으로 앞으로 나아갈 뿐이다.

뒤에 아무도 없다고, 친구나 동료가 보이지 않는다고,

홀로 남았다고 겁먹지 않는다.

그렇기에 당신은 여기까지 올 수 있었다.

다만 아직 도달한 것은 아니다.

아직 끝나지 않았다.

더 나아가라.

지난날 누구도 디딘 적 없는 그 길을 걸어라.

사막은 아직도 넓기만 하다.

_프리드리히 니체

CHAPTER 1

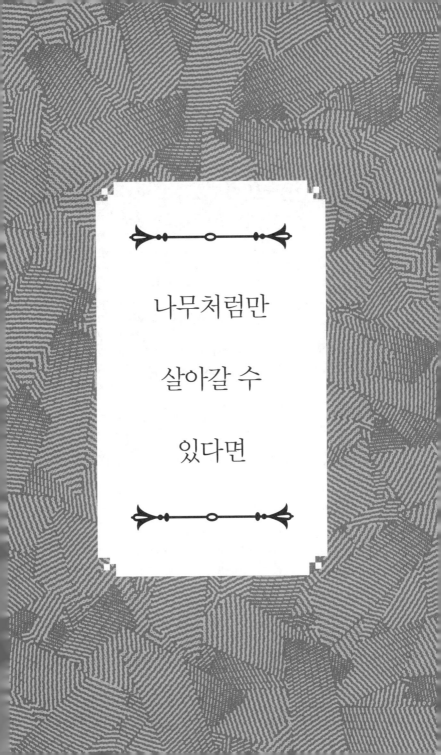

나무처럼만

살아갈 수

있다면

A person is never happy except at the price of some ignorance.

사람은 무지의 대가를 치르지 않고서는 결코 행복할 수 없다.

●

아나톨 프랑스 Anatole France

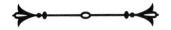

참된 기쁨이
강물처럼 흐르다

나는 알바니아 집안에서 태어났고 인도의 시민이며 가톨릭 수녀입니다. 나는 온 세상에 속하라는 소명을 받았고, 내 마음은 예수의 마음에 온전히 속해 있습니다. 그리고 우리는 종교나 종파와 관계없이 사랑의 활동을 하도록 사람들을 격려해 주는 일을 합니다. 온 마음을 다해 사랑의 활동을 하다 보면 하나님을 만나게 됩니다.

이는 마더 테레사^{Mother Teresa}수녀가 한 말로, 그녀는 살아 있을 때 '살아 있는 성녀'로 일컬음을 받았던 평화의 여신과도 같았던 여자였습니다. 한 여자의 삶이 그 어떤 위대한 선각자보다도 더 아름답고 숭고했던 모습을 전 세계인은 잘 알고 있습니다. 살아생전 말년의 그녀의 모습은 키가 작고 구부정한 허리, 굵은 주름살로 뒤덮인 얼굴, 그 겉모습에서 보이는 인간의 진실성은 그 어떤 것보다도 감동적이고, 기쁨을 주었습니다. 마더 테레사 수녀가 이토록 온전한 그리스도적 삶을 살 수 있었던 것은 믿음에 대한 확신과 그 확신에서 온 불타는 사명감 때문입니다.

굳건한 믿음과 사명감은 마더 테레사 수녀에게 한없는 사랑과 너그러움, 서두르거나 조급해하지 않는 마음, 남을 배려하고 격려하는 진실한 마음, 끊임없이 한 길로만 걸어가게 하는 의지의 마음을 주었던 것입니다. 그녀는 가난하고 병들고 소외당하고 멸시받는 이들의 친구가 되어 주고 어머니가 되어 주었습니다. 세계가 그녀의 일터였고, 자신의 손길이 필요로 하는 곳이라면 그 어디든지 달려갔습니다. 평생을 소박한 음식을 먹었고, 낡고 허름한 옷과 신발을 신었으며, 초라하고 보잘것없는 방에서 잠을 잤습니다.

또한, 그녀가 앞의 글에서 밝혔듯이 그 어떤 종교나 종파와도 격의 없이 지냈고, 사랑과 화합, 평화와 안정을 위해서라면 자신이 먼저 따스한 손길을 보냈습니다. 이것이 마더 테레사 수녀의 인간과 세상에 대한 사랑법이었습니다. 그녀의 이런 사랑법은 많은 사람들에게 감동을 주고, 행복한 마음을 심어 주고, 참된 기쁨을 주었습니다. 그녀는 비록 하나님의 부르심으로 우리가 사는 이곳을 떠났지만, 그녀가 남긴 인류애와 사랑은 영원히 남아 있습니다.

사회가 혼탁해지고 삶의 본질과 정체성이 혼돈과 분열 속에서 점점 그 가치를 잃고 있습니다. 이러한 때 우리가 해야 할 일은 서로 감싸주고 위로하며, 나보다는 상대방을, 나보다는 사회를 더욱 배려하고 위해주는 사랑의 정신을 펼쳐 보여야 하지 않을까요.

이렇게 될 때 모든 것이 평탄해지며 조화로운 삶이 우리 모두를 참된 기쁨의 세계로 이끌고 갈 것입니다.

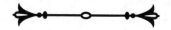

나무처럼만
살아갈 수 있다면

나무처럼 아름다운 시를
내 다시는 보지 못하리.

단물이 흐르는 대지의 젖가슴에
굶주린 입술을 대고 있는 나무;

온종일 하나님을 우러러
잎이 무성한 팔을 들어 기도하는 나무;

24

여름엔 머리칼에다
방울새의 보금자리를 짓는 나무;

가슴에는 눈이 쌓이고
비와 함께 다정히 사는 나무;

시는 나와 같은 바보가 짓지만
나무를 만드는 건 오직 하나님뿐.

_조이스 킬머, 〈나무들〉

나무를 관조하며 그 나무의 겸손함과 기도하는 비유를 통해
자연과의 조화로운 삶의 방법을 성찰로써 보여주고 있습니다.

봄엔 잎을 피우고 꽃을 피워 대지와 사람들에게 활력을 불
어넣어 주고, 여름이면 무성한 숲을 이루어 더위에 지친 사람
들과 동물들에게 안식처가 되어 주고, 가을이면 탐스러운 열
매로 사람들과 새들에게 일용할 양식을 주고, 겨울이면 삭막
한 산과 들을 비록 앙상한 모습이지만 점점이로 떠서 유쾌한
동행이 되어 줍니다.

나무의 일생을 사람에 비유한다면 우리들의 어머니와 너무
닮았음을 알 수 있습니다. 낳아주시고 길러주시고 가르치시고

사랑으로 보듬어 하나의 인격체로 거친 삶의 대지를 당당하게 걸어가게 하시는 어머니. 그리고도 더는 줄 것이 없어 자식들에게 미안한 웃음을 지으시는 어머니. 나무는 바로 세상의 어머니와 같은 존재가 아닐까 합니다.

쉘실버스타인의 동화 〈아낌없이 주는 나무〉를 읽고 나는 정말 감동한 나머지 눈물이 핑 돌았습니다. 수사법이 그리 뛰어난 것도 아니고, 이야기 전개가 흥미진진한 것도 아니고, 묘사적 표현 또한 단순한 동화였지만 그 내용을 타고 흐르는 글의 깊은 진정성이 나를 못 견디도록 감동에 젖게 했던 것입니다.

친구를 위해 열매며, 나뭇가지며, 줄기며, 자신의 모든 것을 다 내어 주고도 더는 줄 게 없어 안타까워하며 쓸쓸해 하는 나무. 그 나무의 모습에서 나는 어린 시절 자식을 위해 불편한 몸을 이끌며 고생하시던 어머니의 모습이 그려졌습니다. 나는 한동안 눈물을 떨구어야 했습니다.

자식 노릇을 제대로 하지 못하는 나의 불효가 너무 송구스럽고 죄가 되는 것 같아 고개를 들지 못했습니다. '어머니, 사랑하는 어머니, 이 불효를 어찌 다 씻어야 할지, 어머니, 너무너무 죄송스럽습니다.'라는 탄식의 소리가 나도 모르게 입에서 새어 나왔습니다.

그 날 내내 나의 가슴은 얼어붙어 있었습니다.

조이스 킬머의 시 〈나무들〉은 나무의 진정성을 소박하고 은은하게 보여주고 있어 시의 순수미를 잘 느끼게 해 줍니다.

'팔을 들어 기도하는 나무, 방울새의 보금자리가 되어 주는 나무, 비와 다정히 함께 사는 나무' 라는 표현에서 더불어 사는 삶의 조화로운 가치를 느끼게 합니다. 우리는 서로가 서로에게 ―그 사람들이 가족이든 친구든 이웃이든 직장동료든― 기댈 수 있는 나무, 그래서 위안을 받고 용기를 얻을 수 있는 인생의 나무가 되어야 합니다.

사랑하는 이들에게 사랑의 나무가 되어 주십시오. 그 사랑이 다 하도록, 그래서 자신의 삶이 진정 행복하도록 사랑하고 또 사랑하십시오.

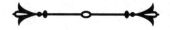

반짝반짝 빛나는
희망을 주는 사람

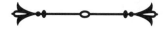

희망은 꽃보다 아름답고 아침 이슬보다 맑습니다. 너무 맑고 고와서 온종일 가슴에 품고 있어도 늘 새롭고 처음인 듯 상쾌한 마음입니다. 그것은 희망이란 말 속엔 사람을 기쁘게 하고, 용기를 주고, 꿈을 주는 에너지가 들어 있기 때문입니다. 그래서 희망이란 말은 이 세상 그 어떤 말보다도 사람들에게 친숙하게 다가옵니다.

사람이 어떤 생각을 가슴에 품고 있느냐에 따라 '희망'을 주는 사람이 될 수 있고, '절망'을 주는 사람이 될 수도 있습니다.

희망을 주는 사람 얼굴엔 늘 햇살 같은 미소가 담겨 있습니다. 눈은 선하고 입술은 부드러우며, 하는 이야기마다 상대방을 편안하게 하고, 배려하는 마음이 배어 있습니다. 이런 사람들 마음엔 기쁨의 꽃밭이 있어 진한 삶의 향기를 풍기는 행복의 꽃들을 피워내는 것입니다.

원주에〈밥상공동체〉라는 봉사 단체가 있습니다. 이 단체가 하는 일은 독거노인들이나 불우한 이웃, 노숙자들에게 쉼터를 제공하고, 먹을 것, 입을 것은 물론 취업을 알선하여 '희망'을 잃고 눈물과 한숨에 젖어 절망 속에 빠진 사람들에게 새로운 '희망'을 불어넣어 주는 일입니다.

허기복 목사. 그는 이 일을 처음 시작한 이래로 십수 년째 계속해 오고 있으며 이 일을 자신의 평생 과업으로 알고, 음지에서 '희망의 꿈'을 퍼 올리는 일에 묵묵히 최선을 다하고 있습니다. 그의 모습이 아름다운 것은 '희망'을 잃은 사람들에게 새로운 '희망'을 주기 때문입니다.

〈밥상공동체〉가 이 일을 시작한 이래 실로 많은 독거노인과 불우이웃, 노숙자들이 잃어버린 '희망'을 찾았다고 합니다. 환하게 웃으며 진심으로 감사해 하는 그들의 모습에서 '희망'을 주는 일이 얼마나 값지고 보람 있는 일인지 새삼 깨닫습니다. 그리고 한 사람이 뿌려 놓은 '희망'의 씨앗이 자신만 아는 사람들에게 또 다른 자기의 모습을 보게 하고 더 아름다운 삶을 살 수 있는 눈을 뜨게 해 준 것입니다. 그리고 그 '희망'은 허기복 목사가 〈밥상공동체〉일을 하면서 힘든 일을 만날 때마다 그에게도 용기와 꿈을 주어 앞을 보고 나아가게 했습니다.

그러나 절망을 주는 사람의 얼굴엔 늘 불평불만의 그늘이 길게 드리워져 있고, 침침한 동굴과 같은 눈을 하고 있을 뿐만 아니라, 그 입에서 나오는 말들은 부정적이고 남에게 상처를 주는 말들뿐입니다.

아주 오래전에 어떤 아이가 있었습니다. 이 아이는 자신의 집이 가난함을 비관하여 늘 불평을 쏟아 놓았으며 동네 아이들과 싸움을 일삼고 남의 물건을 훔쳐대어 소년원을 제집처럼 들락거렸습니다. 그 아이는 자신을 위해 눈물 흘리며 애원하는 어머니의 가슴에 마구 못질을 해대는 일만 골라서 했습니다. 그 아이 역시 그의 어머니에게는 사랑스러운 아들이었습니다. 그러나 그 아이는 그런 어머니의 애틋한 마음을 매몰차게 외면해 버렸습니다.

그는 청년이 되어서도 여전히 싸움질을 해댔고 도둑질을 일삼는, 부모에게나 형제들에게 아주 골칫거리였습니다. 부모와 형제, 그리고 이웃들이 따뜻한 눈길을 주어도 한번 삐뚤어진 그의 마음은 여전히 변함이 없었고, 교도소에서 나온 그는 '절망' 속에 묻혀 지내다 결국은 약을 먹고 자살하고 말았습니다. 늘 '절망'하며 불평 속에 살던 그는 영원한 '절망의 바다'에 빠지고 만 것입니다.

'희망'을 품고 사는 것과 '절망'을 품고 사는 것은 이렇게 엄청나게 다른 결과를 몰고 옵니다. 그렇다면 우리가 어떤 삶을 살아야 하는지는 명약관화明若觀火합니다. '희망'을 품은 사람이 되어야 합니다. 아무리 칠흑 같은 참담한 상황에서도 '희망'을 잃지 말아야 합니다. 그 '희망'을 잃어버리는 순간 그 사람의 삶도 실의에 빠지게 되고 허망한 종말을 맞게 되는 것입니다.

석탄을 캐는 굴이 어느 날 무너지고 말았습니다. 앞이 보이지 않은 어두운 굴속에 갇힌 사람들 사이에 묘한 현상이 발생했습니다. 한 사람은 동료들에게 살 수 있다는 '희망'을 놓지 말라고 했고, 또 다른 한 사람은 이제 우리는 죽은 목숨이라며 삶을 포기하고 한탄했습니다. 두 사람의 행동에는 현격한 차이가 있었습니다. '희망'을 말한 사람은 두 손을 모아 기도했습니다. 기도하는 동료를 향해 야유와 욕설이 쏟아졌습니다. 그렇지만 그는 '희망'을 잃지 말아야 한다며 끝까지 용기를 주었습니다.

하루가 가고 이틀이 가고 나흘이 가고 변화 없는 생활 속에 지친 다른 동료는 '희망'을 잃은 채 죽고 말았습니다. 그러나 살 수 있다는 '희망'을 품고 견딘 사람은 그의 '희망'대로 살아날 수 있었습니다.

'희망'이란 참으로 따뜻하고 위대한 것입니다. 우리는 '희망'을 품고 내가 만나는 모든 사람에게 '희망'을 주는 아름다운 사람이 되어야겠습니다.

아무리 칠흑 같은 참담한 상황에서도
두려워하지 말고 꿈을 잃지 말라는
따뜻한 위로의 말을 전해 주는 사람

사랑을 잃고 방황하는 이에게
사랑은 언젠가 더 환한 미소로
당신에게 다시 찾아온다는 향기로운
말을 할 수 있는 사람

실의에 빠져 깊은 시름에 잠긴 사람에게
나는 당신이 승리할 것을 믿습니다
라는 확신에 찬 말을 건네주는 사람

황무지에서도 풀이 자라고 꽃이 피듯이

믿음은 믿는 만큼 당신에게 더 큰

희망을 준다는 은혜로운 말을

기쁘게 해 줄 수 있는 사람

희망을 주는 사람의 눈은

언제나 맑고 선합니다

그래서 그 사람을 보고 있으면

기분이 좋아집니다

우리는 서로가 서로에게

나는 당신을 사랑합니다

나는 당신을 믿습니다

나는 당신의 승리를 확신합니다, 라고

희망을 주는 사람이 되어야 합니다

우리는 늘 기쁨을 주는 사람이 되어야 합니다

기쁨을 주는 사람의 표정은

꽃보다 아름답고 맑고 곱습니다

그래서 기쁨을 주는 사람을 보고 있으면

괜스리 가슴이 따뜻해지고 희망을 품게 됩니다

희망을 주는 사람은 아름답습니다

희망은 사랑입니다

—김옥림, 〈희망을 주는 사람〉

천천히 더 천천히
느림의 미학

돈과 사회적 지위를 버리고 여유 있는 삶을 찾아 나서는 유럽인이 급증하면서 이런 부류의 사람을 지칭하는 '다운시프트족downshifters'이란 신조어가 생겨났다고 합니다. 이 말은 '저속 기어로 전환하다Down Shift'에서 따온 조어로, 앞으로 내닫던 삶에서 한 발 뒤로 물러나 삶의 가치를 새롭게 돌아보려는 의미를 담고 있기도 합니다.

뉴질랜드 헤럴드 지는 영국의 시장 조사기관인 데이터모니터의 조사 보고서를 인용, 영국에서만 다운시프트족이 300만

명에 달한다고 보도했습니다. 2003년 통계로 보면 다운시프트족이 유럽에만 1,200만 명에 이른다고 하니 놀라지 않을 수 없습니다.

대개 사회적으로 성공한 30, 40대가 주류를 이루는데 변호사, 투자은행가, IT업계 종사자 등 고소득층이고, 정신적 스트레스에 시달리는 사람들이라고 합니다.

나는 이 기사를 접하고 느낀 점이 참 많습니다.

인간을 행복하게 하는 것은 물질이나 명예, 지위가 아니라 여유로운 삶, 즉 안식을 구하는 삶이라는 것입니다. 느리게 산다는 것, 이것은 빠르게 급변하는 현 시대적 조류에 결코 반하는 것이 아닙니다. 조급하게 서두르는 삶이야말로 자신과 모두에게 득이 될 수가 없지요. 자신을 천천히, 서서히 살펴보면서 사는 삶이야말로 참된 가치를 발견하는 삶이라 믿습니다.

느리게, 서서히, 차근차근
자신을 살피면서
앞을 바라보아야 한다.

모든 실패는
조급함에서 오나니

한 번 더 생각해 보고

두 번 더 돌이켜 보고

그렇게 그렇게 헤어보고는

앞을 향해

생각의 발걸음을

옮겨야 하리.

_김옥림, 〈안단테〉

안단테란 '느리게'란 의미의 음악용어입니다. 이와 마찬가
지로 우리의 삶을 조금은 천천히 살피면서 살아야 하지 않을
까 합니다. 더 나은 내일의 안식을 위해서 말입니다.

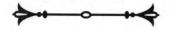

불편한 생각
편견의 위험성

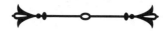

밤나무 높다란 가지 끝에

지은

까치집 하나

보는 내 눈에

아찔하도록 위태롭다

비바람

거세게 휘몰아치던 어느 날 밤

걱정스러운 마음으로

그 밤 지새우고

아침 밖으로 나가 까치집 바라보니

그리도 우뚝하였다

아,

편견이란

그 얼마나 어리석은가

그 날 나의 아침이

두고두고

못내 부끄러웠다.

_김옥림, 〈편견〉

사람이 살아가면서 인간관계에서 흔히 갖게 되는 몹쓸 사고방식이 있는데 바로 편견입니다. 한쪽으로 치우치는 생각, 중심이 바르지 못한 견해쯤으로 이해해도 좋습니다. 나 또한 이런 편견에서 벗어나지 못한 허약하고 편협한 마음의 소유자임을 굳이 감추지 않으렵니다.

이 시에서도 말했듯이 바람 부는 날 까치집을 보고 내 딴엔 걱정스러운 마음으로 마음조차 졸였는데 다음 날 아침 아무렇지도 않게 우뚝하니 있는 까치집을 보고 내 생각이 기우에 불과했다는 것을 알았고, 또한 나만의 편견이라는 걸 알게 되었습니다. 까치 입장에서 나를 바라본다면 나를 한심한 인간이라고 분명 말했을 겁니다. 왜냐하면, 까치 입장에선 자신이 그토록 어리석은 존재가 아님을 주장하고 싶을 테니까요.

이렇듯 사람들은 편견에 무한정 노출되어 있습니다. 그래서 많은 실수를 하게 되고 불편한 감정들을 갖게 되지요.

편견, 편견이란 얼마나 무가치한 것입니까. 우리 모두 하루빨리 이런 무가치한 편견에서 벗어나야 하지 않을까요? 아름다운 인간관계를 위해서라면 쓰레기 같은 편견은 반드시 버려야 합니다.

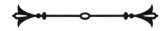

희망이 없는 삶은
삶이 아니다

삶이 그대를 속이더라도

슬퍼하거나 노하지 말라.

실의의 날엔 마음을 가다듬고

자신을 믿으라, 이제 곧 기쁨이 올지니.

마음은 내일에 사는 것

오늘이 비참하다 해도

모든 것은

한순간에 지나가 버린다.

그리고 지나간 것은

또다시 그리워지는 것이다.

_푸쉬킨

나는 개인적으로 푸쉬킨과 로버트 프로스트, 헤르만 헤세 같은 외국 시인들을 좋아합니다. 라이너 마리아 릴케나 파블로 네루다도 물론 좋아하고요.

이중 푸쉬킨의 〈삶이 그대를 속이더라도〉라는 시는 내가 초등학교 때부터 즐겨 애송하던 시입니다.

나는 초등학교 5학년 때 친구 집에 놀러 갔다가 액자에 수놓아져 있던 이 시를 읽고는 어린 마음에도 큰 감동을 하였습니다.

나는 지금도 가난한 가정 형편에 아버지 없이 자식들을 올곧게 키우시려 애쓰며 노력하시던 어머니의 모습을 결코 잊을 수가 없습니다. 끼니를 거르지는 않았지만 좋은 음식을 먹어 본 적 또한 별로 없을 만큼 가난하고 고달픈 어린 시절을 보냈습니다.

그 어린 시절, 이 시를 읽고 나서 나는 많은 위안과 용기를 얻을 수 있었습니다. 그리고 열심히 책을 읽고 쓰는 일에 관심을 기울이게 되었습니다. 이 시는 내게 불꽃같은 시심詩心을 갖게 했고, 삶은 절대로 사람을 속이지 않는다는 생각을 하게 했습니다.

삶이 속이는 것은 결국은 자기 자신에게 주어진 환경이 아니겠는지요. 어려운 환경에 처해 있다고 현실을 부정하고 괴로움의 바다에 빠져 표류한다면 결국 자신에게 돌아오는 것은 고독과 비통함뿐입니다.

'실의의 날엔 마음을 가다듬고 자신을 믿으라.'는 이 말은 얼마나 긍정적이며 낙관적입니까.

지금 우리에게 처한 현실은 매우 어둡고, 때론 절망적이기까지 합니다. 대학을 졸업해도 취업하기가 하늘의 별 따기처럼 어렵습니다. 비정규직은 나날이 늘어만 가고 이것마저도 자리가 없어 청춘들을 절망의 그물에 갇히게 합니다. 또한, 침체한 경제로 가정이 파산되어 가족이 해체되고, 하루에도 많은 애꿎은 목숨이 이 세상과 이별을 합니다.

우리나라가 경제개발에 탄력을 받아 줄기찬 성장을 이루어 온 이래 지금처럼 분위기가 침체한 적은 없었습니다. 국민총생산량으로 볼 때 세계에서 10대 경제 대국이라고는 하지만 부의 분배가 불균형적으로 이루어지는 바람에 가진 자들은 점점 더 배를 키우고, 가지지 못한 대다수 서민은 점점 더 배가

홀쭉해 지고 있습니다.

한마디로 말해 힘들고 어려운 시대를 우리는 살고 있습니다. 그러나 힘들다고 해서 자신의 처지를 원망하거나 한탄함으로 시간을 허비할 수는 없는 일입니다. 절망은 잠깐이고, 희망은 미래에 있는 것입니다. 오늘이 아무리 비참해도 내일은 분명 우리 곁에 머무는 것입니다. 푸쉬킨의 〈삶이 그대를 속이더라도〉를 보십시오. 얼마나 희망적이고 미래적인지요.

시를 읽읍시다. 희망과 용기를 주는 시를 많이 읽어야 합니다. 어린 시절 나 또한 이 시에 의지해 힘들고 고달팠던 시절을 견디어 왔습니다. 그리고 지금도 이 시를 변함없이 아끼고 사랑합니다. 무릇 좋은 시인이란 이처럼 좋은 시를 독자들에게 안겨 주는 시인이 아닐까 합니다.

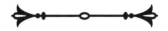

아름다움과 향기
꽃의 미학

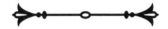

꽃은

자기가 아름답다고

결코 말하지 않습니다.

꽃은

자기를 보아주지 않아도

결코 슬퍼하거나

분노하지 않습니다.

꽃은
자기에게
향기로운 가슴이 있다고
결코 내보이지도 않습니다.

꽃은
있는 그대로의 모습으로
즐거움을 주고
기쁨이 되고
사랑이 됩니다.

꽃이 아름다운 이유는
꽃은
꽃 그 이상도 그 이하도
결코 바라지 않기 때문입니다.

_김옥림, 〈꽃이 아름다운 이유〉

아무리 목석木石 같은 남자도 꽃을 보면 미소를 짓고, 코를
갖다 대고 향기를 맡습니다. 이것은 꽃이 모든 사람에게 기쁨
을 주고 향기를 주기 때문입니다.

온 산과 들을 수를 놓듯 펼쳐져 있는 들꽃을 보면 그리도 마음이 평안할 수 없습니다. 또한, 아파트 화단이나 회색빛 짙은 거리마다 놓여 있는 화분은 삭막한 도시의 풍광을 부드럽고 안온하게 바꾸어 줍니다. 이처럼 꽃은 사람들의 마음을 편안하게 하고 위로를 줍니다. 꽃이 아름다운 이유를, 꽃은 자기를 아름답다 여기지 않으며, 누가 보아 주지 않아도 슬퍼하거나 분노하지 않으며, 향기로운 가슴이 있다고 내어 보이지도 않으며, 있는 그대로의 모습으로 즐거움을 주고 기쁨을 주고 사랑이 되기 때문이라고 했습니다. 그렇습니다. 꽃은 자신이 피어 있음으로써 사람들로부터 사랑을 받는 것입니다. 대자연의 질서 속에 한갓 꽃들도 이러할진대 사람들 세계에선 갖은 위선과 허위로 자신을 포장하고, 다른 사람들에게 위해를 가하고, 손해를 끼치고, 사람 이하의 행위를 서슴지 않는 사람들이 있음을 볼 땐 비애감마저 듭니다.

사람이란 본시 땅 위에서나 땅 아래에서나 모든 것 중에 으뜸이거늘, 스스로 추한 모습을 보인다는 것은 사람임을 포기하는 것이 아니고 그 무엇이란 말입니까. 꽃과 같은 사람, 꽃보다 아름다운 사람이 많은 세상이 되었으면 좋겠습니다.

나는 오늘 나 자신을 가만히 들여다봅니다. 추하게 살지 말자고. 그리고 꽃과 같은 향기를 품어 살자고 말입니다.

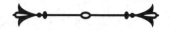

향기로운 삶은
저절로 오지 않는다

종이 위에 붓 휘두르니 묵색 산뜻한데

매화 몇 점 그려놓으니 참으로 즐겁구나.

하늬바람에 실어 멀리멀리 날려서

집집마다 거리마다 봄 활짝 피게 하고 싶다.

이 한시는 중국 청나라 때 화가인 이 방응의 〈매화를 그리
다〉입니다.

나는 요즘 들어 한시의 깊고 울림이 있는 시적 기풍과 언

어의 조합에서 오는 시적 흥취의 매력에 깊이 매료되고 있습니다. 그러나 나와 같이 40, 50대의 중년층의 사람들은 한문교육을 제대로 받지 못한 한문 문외한 세대입니다. 그러하니 한문의 짧음에 아쉬움만 더할 뿐, 더듬거리며 띄엄띄엄 읽어 가는 게 고작이고, 그것도 남이 번역해 놓은 것을 읽는 것이 다인 셈입니다. 그런데도 자꾸 음미하다 보면 감칠맛이 새록새록 향기로 피어납니다.

이 한시를 보면 작자(作者)가 매화를 그려 놓고 그 그림의 담백함에 스스로가 즐거워하여, 바람에 실어 멀리멀리 날려서 집집마다, 거리마다 매화의 향을 전하고파 하는 마음이 잘 나타나 있습니다.

자신이 그림을 그려놓고 그 즐거움을 이웃과 함께 나누고 싶어 하는 이 소박함이 얼마나 순수하고 아름다운 마음인지, 나는 이 한시를 통해 다시금 사람 사는 정(情)이 무엇이며 삶의 참된 가치가 무엇인지를 새삼 깨달았습니다.

사람들은 내가 많은 것을 가지고 있어야 다른 사람에게 나누어 줄 수 있다고 믿는 것 같습니다. 그러나 없는 사람들이 오히려 나누는 마음 가까이에 있다는 것을 알 수 있습니다.

이러한 마음이 이 한시에서 보여준 작자의 마음이 아닐까 합니다.

매화향까지 나누고 싶은 그 마음, 그 향기로운 마음이 우리
의 이웃과 우리의 삶을 훈훈하게 했으면 참 좋겠습니다.

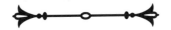

용기와 꿈을 주는
칭찬의 힘

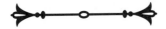

칭찬하는 말엔

따뜻한 희망이 있습니다.

마음 처져 있는 사람이나

자신감을 잃은 사람들에게 건네는

"나는 당신의 능력을 믿습니다."라는

한마디 말엔

억만금으로도 살 수 없는 희망이 듬뿍 담겨 있습니다.

칭찬하는 말엔

샘솟는 용기가 있습니다.

"나는 할 수 없어. 내가 그걸 어떻게 해."

스스로 자신을 믿지 못하다가도

"나는 그 일에 당신이 최적격자라고 믿습니다."

라는 말을 들으면

믿을 수 없는 용기가 솟구쳐 오릅니다.

칭찬하는 말엔

끊임없이 넘쳐나는 에너지가 있습니다.

"그 일은 당신만이 해낼 수 있습니다."라는

단순한 말 속엔

사람의 힘으로는 할 수 없는

불길같이 치솟는 에너지가 분출합니다.

칭찬은 희망입니다.

칭찬은 용기를 줍니다.

칭찬은 에너지입니다.

칭찬하는 말을 합시다.

더 늦기 전에 지금 하십시오.

당신이 사랑하는 이들에게

당신이 믿고 신뢰하는 이들에게

"나는 당신을 믿습니다.

당신만이 그 일을 해낼 수 있습니다."라고

서로 따뜻한 미소로 칭찬하십시오.

칭찬은 사랑입니다.

칭찬하는 데는 큰 힘이 들지 않습니다.

자신을 조금 낮춘다면

칭찬은 누구나 할 수 있는

가장 아름다운 말입니다.

_김옥림, 〈칭찬하는 말〉

칭찬. 아무리 들어도 싫증나지 않는 말, 자꾸만 들어도 신나는 말, 늘 들어도 처음인 듯 새롭게 들리는 말.

그렇습니다. 칭찬은 그 어느 때고 사람을 기쁘게 하고 용기를 주고 희망이게 하는 에너지입니다. 가장 좋은 교육 방법은 '칭찬'이라고 합니다. 조금은 부족하고 내 맘에 들지 않아도 상대방을 칭찬하면 그 상대방은 칭찬하는 사람의 진심을 알고는 그의 뜻대로 따르려고 하는 열린 마음을 보여 줍니다. 칭찬은 고래도 춤추게 한다는 말이 있지 않은지요. 매우 재미있는 표현입니다만 상당히 의미가 함축된 말입니다.

우리나라 사람들은 세계에서도 가장 우수한 민족입니다. 이는 우리나라 사람인 내가 하는 얘기가 아니라 다른 나라에서 우리나라 사람들을 평가하는 견해입니다. 그런데 이렇게 우수한 민족임에도 불구하고 우리의 단점이 남의 칭찬에 인색하다는 것입니다.

속으로는 칭찬할지언정 겉으로는 드러내지 않는 칭찬은 더이상의 칭찬이 아닙니다. 겉으로 드러내서 상대방에게 "당신이 최고야, 어쩌면 그렇게 그 일을 잘해낼 수 있어. 당신이 내 곁에 있다는 것은 내 인생에 있어 정말이지 행운이야."라고 따뜻한 미소와 함께 칭찬한다면 그 상대방 역시 당신에게 감사하게 생각하고 당신을 아낌없이 칭찬할 것입니다.

칭찬하는 데는 돈이 들지 않습니다. 또한, 자기를 깎아내리는 일은 더더욱 아닙니다. 자기의 마음을 조금만 낮춘다면 칭찬은 누구나 할 수 있는 가장 아름다운 말입니다.

칭찬하십시오. 칭찬하는 사람의 모습은 참 보기 좋습니다. 그런 사람을 보면 세상이 참으로 따뜻해져 옵니다.

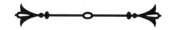

마음을 사로잡는
향기가 나는 사람

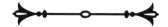

향기가 나는 사람.

그런 사람은 바라보는 것만으로도 싱그럽고 기분이 좋습니다. 그 사람을 보고 있으면 평안을 느끼고, 위안을 느낍니다. 그래서 오래도록 그 사람 곁에 있고 싶고, 그 사람과 같이 있으면 온종일 말이 없어도 심심하지 않습니다.

향기가 나는 사람을 보면

사람 사는 행복이 느껴지고

그 사람 옆에 같이 있는 것만으로도

기분이 절로 좋아진다.

향기가 나는 사람은

남을 편안하게 하고

배려하는 능력이 뛰어나며

좋은 분위기를 위해서라면

자신을 양보할 줄도 안다.

향기가 나는 사람은

늘 같은 모습을 하고

변덕을 부리거나 이기적이지 않으며

나와 너의 관계가 일정한 거리를 유지하며

사이좋은 공존을 하는 지혜가 번뜩인다.

향기가 나는 사람을 보면

눈이 맑고 웃음이 밝고

내미는 손길 위엔 따스함이 배어 있고

가슴을 포근하게 하고

헤어졌다 이내 다시 만나도

늘 처음 본 듯 상큼하게 다가온다.

향기가 나는 사람이 되어야 한다.

나의 향기는 상대방에게 주고

상대방의 향기는 내가 받아들여

늘 서로를 다독이며 격려함으로

삶이 아름다운 은총이라는 것을

가슴이 시린 이들이나 사랑이 그리운 이들에게 전해주는

아름다운 사람,

향기 나는 사람이 되어야 하리.

_김옥림, 〈향기가 나는 사람〉

여기서 향기 나는 사람이란, 사람 냄새가 나는 사람, 인간
미가 물씬 풍기는 사람, 자신이 하는 일을 아무도 모르게 기쁨
으로 알고 하는 사람, 자신보다는 남을 먼저 생각하는 사람입
니다.

아파트 경비원으로 일하면서 폐지와 공병을 모아 돈을 만
들어 노인회관에 후원하는 사람, 소년소녀 가장을 지속해서
돕는 주민센터 직원, 부모 없는 아이를 입양시켜 돌보는 평범
한 회사원 부부, 택시를 운전하며 껌을 판 기금으로 불우한 이

57

옷을 돕는 택시 운전기사회원들, 일주일에 한두 번씩 꾸준히 봉사단체에서 봉사활동을 하는 평범한 사람들, 자신도 장애인이면서 장애우들을 보살피는 여성, 휴일마다 노인들을 찾아 머리를 깎아주는 미용사들.

이렇듯 우리 주변에는 많이 가지지는 않았지만, 자신에게 있는 것을 나누어 주거나 자신의 시간을 내어 나보다 어려운 사람들을 위해 애쓰고 수고하는 사람들이 많이 있습니다. 이들이야말로 향기가 나는 사람이고 이름 없이, 빛도 없이, 알뜰한 삶을 사는 사람들입니다. 이런 사람이 많은 사회가 되었으면 좋겠습니다.

꽃보다 진하고 향기로운 사람들, 그 사람 옆에 가면 나 또한 기분이 좋아지는 눈이 맑고, 미소가 밝은 사람들, 헤어졌다 이내 다시 만나도 늘 처음인 듯 새롭고 신선한 사람들, 변덕을 부리거나 자기만의 유익을 구하지 않는 욕심 없는 사람들, 그런 사람들이 만들어 가는 세상은 정말 아름다운 세상입니다. 그런 세상에서 오래오래 살고 싶습니다.

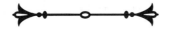

어질고 사리에 밝은
현명한 사람

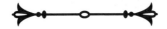

행복과 불행은

크기가

미리부터 정해져 있는 것은 아니다.

다만 그것을 받아들이는

사람의 마음에 따라서

작은 것도 커지고

큰 것도 작아질 수 있는 것이다.

가장 현명한 사람은

큰 불행도 작게 처리해 버린다.

어리석은 사람은

조그만 불행을

현미경으로 확대해서

스스로 큰 고민에 빠진다.

_라 로시푸코, 〈현명한 사람〉

현명한 사람이란 어질고 사리에 밝은 사람을 말하는데 이런 사람이 많은 사회일수록 그 위치가 튼튼하며 이러한 사람이 많은 나라일수록 살기 좋은 나라입니다.

현명한 사람은 어떤 다급한 상황에서도 절대 당황하지 않고, 지혜롭게 사태를 수습할 줄 알며, 성냄을 더디 합니다. 그리고 자기의 주장을 펼치기 전에 상대방의 입장을 충분히 이해하려는 자세를 갖추고, 자신에게 불리하게 일이 전개되어도 너그럽게 받아들여 슬기롭게 극복하려는 지혜가 출중한 사람을 말합니다.

그런데 이런 현명함을 잘 못 이해하여 남보다 더 앞서는 것이 더 똑똑한 것인 줄 알고, 남보다 더 나아야만 자신이 진정 승리자인 줄 알고 우쭐해 하는 사람들을 주변에서 흔히 볼 수 있는데 이는 현명한 것이 아니라 아둔한 것이며 우매한 것입니다.

또한, 현명한 사람은 순리를 좇아 순응하는 삶을 따르고, 행복과 불행에 대해 속단하지 않으며, 태산 같은 힘든 일을 만나도 겁내거나 두려워하지 아니합니다. 또 아무리 큰 불행도 작게 처리하는 슬기로움을 지녔으며 작은 일을 크게 확대하거나 스스로 큰 고민에 빠져 시간을 낭비하지 않습니다.

이스라엘의 왕 솔로몬은 지혜롭고 현명한 사람이었습니다. 그는 아기를 가운데 놓고 서로 자신의 아기라고 주장하는 두 여인에게 칼로 아이를 베어 나누어 가지라는 명령을 내렸습니다. 친엄마는 울면서 그럴 수 없다고 했습니다. 그러자 솔로몬은 그 여인에게 아기를 주라고 했습니다. 자기 아기를 칼로 베는 어리석은 엄마는 없을 테니까요.

이 현명한 재판은 솔로몬을 지혜의 왕으로 이름을 높여 주었습니다.

현명한 사람이 많이 요구되는 시대입니다. 현명한 사람들이 이루는 삶은 참으로 아름다울 것입니다.

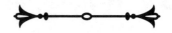

사소한
것들에 대하여

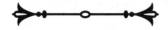

눈 뜨면 매일 만나게 되는

푸른 나무와 꽃, 새들의 지저귐

맑은 공기와 투명한 햇살 그리고 사랑하는

가족의 해맑은 웃음과 사랑의 향기

늘 마주치는 이웃과 정다운 세상 이야기

이 모든 것들이 함께하기에

우리의 삶은 기름지고 아름답다.

그러나 우리들이 가장 많이

저지르는 실수는

우리가 늘 만나고 부딪치는 일상의 것들에 대한,

정작 잊지 말아야 하는 것들을 잊고 사는 것이다.

흔한 것들은 늘 우리 주변 가까이에 있기에

언제까지나

우리와 함께 하리란 기대는

위험하고 슬픈 감정의 발상이다.

우리는 늘 깨어 있어야 한다.

깨어 있는 자만이 소중한 삶을 차지할 수 있다.

가벼이 생각하는 일상의 사소한 것들에 대해

경이로운 눈길과 따뜻한 손길을 펼쳐야 한다.

사소한 것들은

언제나 깊은 감동을 간직하고 있기에.

_김옥림, 〈사소한 것들에 대하여〉

    사람들이란 늘 함께하는 것들에 대해서는 쉽게 감사하는 마음을 잊는 습성이 있습니다. 나 또한 예외는 아니라서 반성하는 마음이 때때로 들곤 합니다.

늘 우리와 함께하는 자연의 풍광, 산, 들, 나무, 꽃, 풀 등 이런 것들이 있으므로 우리가 사는 세상은 맑고 아름다운데도 우리는 이러한 것들을 잊고 삽니다. 또한, 해맑은 공기, 촉촉하게 내리는 비, 세상 구석구석을 어머니의 자애로운 마음이 되어 비추어 주는 햇빛, 이들 중 어느 것 한 가지라도 우리 곁에서 잠시라도 떠난다면 우리는 살아갈 수 없습니다. 너무나 흔하고 늘 우리 곁에서 함께 하기에, 정말로 없어서는 안 될 것들임에도 불구하고 우리는 그 고마움을 잊고 삽니다.

거기다 이러한 것들을 무시하여 물을 오염시키고, 공기를 더럽히며, 산을 파헤치고, 나무를 잘라내며 온갖 횡포를 부려 댑니다. 개발이니 하는 따위의 그럴듯한 당위성을 내세워서 말입니다. 물론 더 나은 삶을 위해서는 개발을 하고 국토를 발전시켜야 하겠지만, 자연도 살리고 인간의 삶도 풍요롭게 하는 철저한 계획에 따르는 노력이 있어야 합니다.

자연이 죽으면 사람도 동물도 식물도 그 어떤 것도 결코 살아남지 못합니다. 사소한 것들, 늘 우리 곁에 함께 있는 작고 보잘 것 없는 미미한 것들이야말로 우리에게 꼭 필요한 것이고, 그것들이 진정 자기의 위치에서 맑고 깨끗하게 존재할 때만 우리들의 삶은 밝은 미래를 살게 될 것입니다.

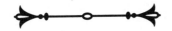

사랑하고 또
사랑하십시오

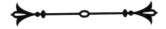

사랑은 동서고금을 막론하고, 인종을 막론하고, 빈부 격차를 막론하고, 학식과 덕망을 막론하고, 권세와 영달을 막론하고 가장 이상적이고, 사람들에게 가장 필요한 삶의 요소입니다. 참사랑은 죽음을 두려워하지 않고, 권력을 두려워하지 않고, 재물을 부러워하지 않습니다.

그런데 지금 시대의 사랑은 너무 가벼운 삶의 존재로서 그 가치가 땅에 떨어져 짓밟히고 뿌리째 흔들리는 것 같습니다. 그러다 보니 쾌락을 위한 사랑만이 넘쳐나고 마음과 마음이 공유하는 삶의 평안과 안식으로써의 사랑은 점점 우리 곁에서 멀어지는 것만 같아 안타깝습니다. 그래서인지 몰라도 사랑한다는 말에 너무 인색한 것 같습니다.

사랑은 좋은 것이고, 기쁜 것이고, 풍요로운 마음에서 오는 열락입니다. 이 아름답고 충만한 말을 서로에게 해 줄 때 닫힌 마음도 열리게 되고, 얼어붙고 경직된 관계도 참으로 부드러워지고 평안해지는 것입니다. 그리고 보면 사랑은 삶의 윤활유이며, 닫힌 마음을 여는 열쇠입니다. 이 복되고 아름답고 넉넉한 사랑을 헐값에 팔아넘기는 물 지난 생선같이 여기는 마음은 없어야 합니다.

사랑하십시오.
사랑은 좋은 것입니다.
서로가 손을 내밀어 서로의 손을 맞잡고
"나는 당신을 사랑합니다"라고
방긋 웃으며
서로가 서로의 눈을 정감 있게 바라보며
가장 넉넉한 얼굴로 말하십시오.

사랑하십시오.

사랑은 기쁜 것입니다.

지금 당신이 서 있는 그 자리에서

당신이 사랑하는 사람들에게

가장 평안한 모습으로

"나는 당신을 좋아합니다"라고

아낌없이 다정한 표정으로 말하십시오.

사랑하십시오.

사랑은 풍요로운 마음입니다.

사랑하는 마음은 정직의 표상입니다.

사랑을 품고 사는 사람은

새벽별처럼 맑고 곱습니다.

햇살처럼 밝은 마음으로

당신이 사랑하는 사람들에게

"나는 당신이 너무 좋아요.

그래서 당신을 보고 있으면 너무 행복합니다"라고

활짝 웃으며 말하십시오.

당신은 오늘 당신이 사랑하는 이들에게

사랑한다는 말을,

좋아한다는 말을, 얼마나 했나요.

처음엔 쑥스럽지만 자꾸만 하다 보면

참으로 편안한 마음이 생길 겁니다

사랑하십시오

사랑한다고 밝은 표정으로 말하십시오

당신이 사랑하는 사람들에게

이 아름다운 세상에서

당신들과 오래오래 사랑을 나누며

살고 싶다고

그래서 삶이 내게 너무 소중하다고 말하십시오.

사랑하십시오.

사랑은 정말 아름다운 것입니다.

_ 김옥림, 〈사랑하십시오〉

사랑하십시오.

　나 역시 사랑한단 말을, 좋아한단 말을 소중히 간직하며 필요에 따라 적절히 사용하며 살렵니다. 당신 또한 당신이 사랑하는 이들에게 "나는 당신을 사랑합니다"라고 활짝 웃는 아름다운 사람이 되십시오.

사랑은 참 좋은 것입니다.

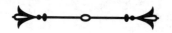

기쁨이
함께 하는 삶

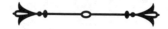

기뻐하라! 기뻐하라!

인생의 사업, 인생의 사명은 기쁨이다.

하늘을 향하여, 별을 향하여, 풀을 향하여,

나무를 향하여, 동물을 향하여,

그리고 인간을 향하여, 기뻐하라.

이 기쁨이 어떠한 일이 있어도

파괴되지 않도록 감시하라.

이 기쁨이 파괴되면

그것은 다시 말해서 그대가 어디선가

과오를 저질렀기 때문이다.

그 과오를 찾아서 고치도록 하라.

_래프 N. 톨스토이

그는 인생의 사업, 인생의 사명은 기쁨이라고 했는데 이 기쁨은 바로 행복한 삶을 의미합니다.

사람은 누구나 행복하고 복된 삶을 살기를 소망합니다. 그리고 행복한 삶을 얻기 위해 수단과 방법을 가리지 않습니다. 그러나 목적이 아무리 좋아도 그것을 이루려는 수단이 좋지 않으면 그것은 더는 행복이 될 수 없습니다. 톨스토이가 말하는 기쁨의 삶은 자기 자신만의 삶이 아니라 하늘, 별, 풀, 나무, 동물, 그리고 인간이 함께 공유하는 것을 말합니다.

그는 또 말하기를 어떤 일이 있어도 기쁨이 파괴되지 않도록 감시하라고 했습니다. 만약 그 기쁨이 파괴되었다면 잘못을 저질렀기 때문이라고 말했습니다. 그리고 그 잘못을 찾아 고치라고 했습니다.

그렇습니다. 일이 잘되고 못됨은 운도 따르겠지만 결국 그 운도 노력의 결과가 아닐까, 합니다. 물론 어쩌지 못하는 경우도 있습니다만.

인생은 짧은 것 같기도 하고, 긴 것 같기도 합니다. 어떠한 삶을 사느냐에 따라 다르겠지만 결국 인생을 길다고 느끼는 것도, 짧다고 느끼는 것도, 자신의 몫이니까요. 이렇게 본다면 우리는 기뻐하는 삶을 좇아 자신의 정열을 다 바칠 수 있는 사람이 되어야 하지 않을까요? 그런 인생이 되십시오.

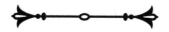

좋은 눈目과
나쁜 눈目

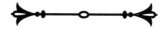

사람은 눈이 두 개 있다고 해서 그만큼 더 조건이 좋은 것은
아니다.

한쪽 눈은 인생의 좋은 부분을 보며, 또 한쪽 눈은 나쁜 부분
을 보는 데 소용된다.

착한 것을 보는 쪽의 눈을 가려버리는 나쁜 버릇을 가진 사람
은 많으나, 나쁜 것을 보는 눈을 가려버리는 사람은 극히 드
물다.

_볼테르

그는 인간이 가지고 있는 편협하고 중심적이지 못한 점을 이 글에서 강한 어조로 질타하고 있습니다. 그는 인간이 지닌 이러한 속성을 두 개의 눈을 예로 들어 주장하는데 한쪽 눈은 인생의 좋은 부분을 보고, 또 다른 한쪽 눈은 인생의 나쁜 부분을 보는 데 사용된다고 했습니다.

그런데 문제는 좋은 것이나 착한 것을 보는 쪽의 눈을 가려 버리는 사람이 많다는 것입니다. 참으로 대단한 지적이 아닐 수 없습니다. 사실 인간이란 극적인 데에 더 관심이 많고, 정상적인 삶의 궤도에서보다 비정상적인 삶의 궤도에서 흥미진진한 그 무언가를 취하려는 모순적인 마음을 소유하고 있습니다. 이것이 인간이 더는 인간의 한계를 넘지 못하는 한계점입니다.

그러나 인간이 해서 안 되는 일은 없습니다. 할 수 없을 것만 같았던 일들도 강한 의지와 신념으로 행한다면 충분히 할 수 있습니다. 역사는 그것을 우리에게 잘 보여주고 있지 않던가요.

이런 관점에서 볼 때 볼테르가 지적한 말을 깊이 새겨 자신의 거울로 삼는다면 인간이 지닌 이러한 속성에서 한 발 뒤로 물러서서 더욱 인간다운 삶의 길에서 기쁨을 노래하고, 사랑을 노래하고, 충만한 자신의 인생을 즐기며 살 수 있지 않을까요.

이런 인생이야말로 참 인생입니다.

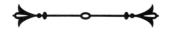

꽃보다
아름다운 마음

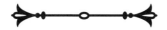

주는 마음은

사랑의 마음

아름다운 꽃과 같은

향기로운 마음

받는 마음은

감사의 마음

고맙습니다, 라고 말하는

공손한 마음

감사한 마음은

환한 빛의 마음

상대방을 향한

온유한 마음

겸허한 마음은

낮아지는 마음

상대방을 높여주는

존중의 마음

사랑하는 마음은

베푸는 마음

베푸는 마음은

기쁨의 마음

주는 마음 받는 마음

모두 모두

고맙고 환한 빛의 마음

_김옥림, 〈꽃보다 아름다운 마음〉

치열한 경쟁시대에 살다 보니 사람들의 마음이 점점 메마르고 강퍅해지는 것 같습니다. 만연된 경쟁심이 사람들의 선한 본성本性마저 빼앗아 버린 게 아닌가 합니다.

감사한 일을 겪어도 진심으로 감사하는 마음을 잃어버리고, 받아도 고마워하는 마음을 제대로 표현할 줄도 모르는 것 같습니다. 이러한 것은 우리의 마음이 나빠서가 아니라 복잡하고 치열한 사회적 현실이 우리를 그렇게 만들고 있는 것입니다. 나는 이러한 사회적 현실에서 우리의 잃어져 가는 본성을 찾았으면 하는 마음으로 〈꽃보다 아름다운 마음〉이란 시를 쓰게 되었습니다.

"감사합니다, 고맙습니다."

이와 같은 말을 기쁘게 할 수 있는 마음, 그리고 자신을 낮추는 마음, 상대방을 높여주는 마음, 이러한 마음들이 우리 사람들의 본성인 것입니다. 이런 마음을 잃지 않도록 해야 합니다.

왜 그럴까요? 우리는 너무나 소중한 사람들이기 때문입니다. 소중한 우리 자신이 우리의 가치를 높이고 행복한 삶을 살아야 하겠습니다.

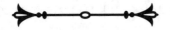

조화로움의 가치
어울림의 미학

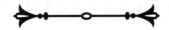

키 작은 코스모스

키 큰 코스모스

분홍 코스모스

하얀 코스모스

사이좋게 어울려 활짝 피었다.

구월 맑은 하늘 아래서

어깨동무 내 동무

얼굴 마주 보며 활짝 웃는다.

서로 감싸주고

안아주며

행복한 얼굴로 나를 쳐다본다.

코스모스는

세 살 아이처럼

환한 동심童心이다.

그것을 바라보는

내 마음도 환한 동심으로 돌아가

한동안 행복했다.

장미보다 화려하지 않지만

목련보다 화사하지 않지만

수줍어 얼굴 붉히는

산골 아이 같은 코스모스

코스모스를 보고 있으면

어릴 적 친구 같아

친구야, 친구야,

몇 번이고 자꾸만 부르고 싶어진다.

_김옥림, 〈코스모스〉

    구월 맑은 어느 날, 배론 성지에 갔다가 지천으로 피어난 코스모스를 보았습니다. 키 큰 코스모스, 키 작은 코스모스, 분홍 코스모스, 하얀 코스모스, 갖가지 코스모스가 한데 어울려 잔잔히 불어오는 맑은 가을바람과 어울려 춤을 추는 모습은 가히 일품이었습니다. 그 모습이 하도 아름다워 한참이나 발길을 멈추고 나 또한 코스모스가 되어 행복했습니다.

    자연이 주는 고요한 질서와 그 질서 속에서 살아가는 우리 사람들은 자연이 우리 인간들에게 베푸는 은혜에 대해 무심하게 살고 있음을 반성해야 합니다. 자연의 질서란 풀 한 포기, 나무 한 그루, 꽃 한 송이, 하늘을 나는 새, 산토끼, 청설모 등 갖가지 식물과 동물들의 조화로운 삶을 말합니다. 우리는 이런 조화로운 자연의 질서 속에서 인간의 권리와 행복을 누리고 살고 있는데도 근원적이고 기본적인 삶의 터전인 자연을 파괴하고 그 질서를 위협하고 있습니다. 오늘날 불규칙적이고 다변화된 기후의 변화무쌍한 징후는 어리석은 인간들을 향해 외치는 자연의 경고며 몸부림입니다.

　자연의 입장에서 우리 인간들을 평가한다면 매우 이기적이고 편협한 존재로 보일 것입니다. 이런 상관관계가 자연과 인간관계가 아니라 인간과 인간의 관계라면 진즉에 결말이 났을 겁니다. 인간들은 자신들에게 불리한 것은 절대로 받아들이지 못하는 품성을 지닌 존재입니다. 그에 비해 자연은 한없이 너그럽고 자애로운 아버지와 어머니 같은 존재입니다. 그런 자연이 더는 인내하지 못하고 인간들을 응징하려고 한다면 아무리 과학이 발달한 현대라 할지라도 그 자연의 분노를 막을 수는 없습니다. 지금이 가장 빠를 때일지도 모릅니다. 하루속히 엉클어져 가는 자연의 질서를 바로잡아야 하겠습니다. 그렇지 않다면 코스모스의 순박한 모습을 더는 볼 수 없게 될지도 모릅니다.

　우리에겐 슬기로운 지혜가 있습니다. 그 지혜로운 슬기를 모아 더 나은 세계를 만들어야 합니다. 그리고 그렇게 해야 할 의무가 있습니다. 왜냐하면, 우리보다 앞서 살았던 사람들이 우리에게 그랬듯이 맑고 깨끗한 자연을 우리의 다음 세대에게 물려주어야 하기 때문입니다.

　자연이란 온 인류 공동의 소유며, 보존해야 할 의무가 있는 가치성을 지닌 영원한 생명의 터전입니다.

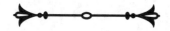

나란 이름의 존재
나는 누구인가

남이 하는 일을 잘 알고 있는 사람은 똑똑한 사람이다.

자기 자신을 잘 알고 있는 사람은 그 이상으로 총명한 사람이다.

그리고 남을 설복시킬 수 있는 사람은 강한 사람이다.

그러나 자기 자신을 이겨내는 사람은 그 이상으로 강한 사람

이다.

_노자

지피지기知彼知己는 백전백승百戰百勝이란 말이 있습니다. 즉,

상대를 잘 알면 그만큼 이길 수 있다는 말이지요. 요즘 같이 경쟁력이 승패를 좌우하는 정보화시대에선 이런 법칙이 더더욱 필요하고 중요하게 여겨집니다.

그런데 이보다 더 중요한 것은 자기 자신을 잘 아는 것이라고 앞글에서 노자는 말했습니다. 그리고 이런 사람이야말로 총명한 사람이라고 말합니다. 또 더 나아가 남을 설복시킬 수 있는 사람은 강한 사람이라고 말하고, 자기 자신을 이겨내는 사람은 그 이상으로 강한 사람이라고 말했습니다. 노자는 그의 이런 주장에 대해 그 중심적 위치에 자기己라는 주체를 놓아둡니다. 자기란 결국 자기의 삶에 있어 중심이며, 이 중심이 곧고 확고해야 진정 똑똑하고 강한 사람이라는 것입니다.

그렇습니다. 나는 이 말에 전적으로 동의합니다.

소크라테스가 '너 자신을 알라'고 굳이 외치지 않아도 자기의 인생에 대하여 자신만큼 믿을 수 있고 확실하게 아는 사람이 어디 있을까요. 그런데 중요한 문제는 자기 자신을 이겨내는 도덕적이고 인간다운 사람, 그런 사람이 되어야 한다는 것입니다.

그런 인생이 되십시오. 그런 인생이 진정으로 강한 존재입니다.

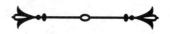

앞을 향해 가는
아름다운 행복

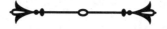

행복을 돈처럼 은행에 비축해 놓을 수 있다면 얼마나 좋을까요. 만약 그렇게 할 수 있다면 자신의 행복이 충만했을 때 넘쳐나는 행복을 차곡차곡 비축해 두었다가 자신이 불행해졌을 때 꺼내 쓸 수 있다면 그 불행을 없앨 수 있을 테니까요.

그러나 인간의 행복이란 항상 일정한 것이 아니므로 그럴 수가 없습니다. 오늘 행복했다고 내일도 행복하기를 바라는 것은 인간의 오만입니다.

사람들은 일 년 먹을 양식을

광 속에 저장하듯이

행복도 비축해 두었다가

하나하나 소비할 수 있는 거로

생각하고 싶어 한다.

그러나 이것은 잘못이다.

사람은 앞으로 나아가는 것이지

한 군데 앉아 있는 것이 아니다.

앞으로 나아가는 사람에게는 행복이 따르고

멈추는 사람에게는 행복도 멈춘다.

_랠프 왈도 에머슨

에머슨은 인간의 어리석음에 대해 앞으로 나아가는 사람에게는 행복이 따르고, 멈추는 사람에게는 행복도 멈춘다고 말합니다. 이 말의 의미는 행복을 지속해서 이어가기 위해서는 꾸준히 노력하라는 것입니다.

노력 없이 이루어지는 성공이란 없고, 노력 없이 취할 수 있는 행복 또한 없습니다. 행복도, 사랑도, 성공적인 삶도, 노력, 바로 끊임없는 노력에서 오는 것입니다.

CHAPTER 2

자신을

이롭게 하는

최선의 지혜

There is no cure for birth and death, save to enjoy the interval.
출생과 죽음은 피할 수 없으므로 그 사이를 즐겨라.

조지 산타야나George Santayana

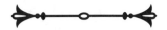

천천히 가도
인생은 길다

우리나라 사람들의 남녀 평균 기대수명은 82세라고 합니다. 이 수치는 OECD경제협력개발기구회원국을 포함한, 전 세계적으로도 상위권에 속하는 높은 수치입니다. 이는 의학의 발달과 높아진 경제 수준으로 인한 영양가 있는 음식의 섭취에서 오는 자연적인 현상입니다. 앞으로 변수가 없다면 세월이 흐를수록 인간의 수명은 점점 늘어날 것입니다.

인간의 수명은 생각하기에 따라 다르겠지만 지구상에 존재하는 다른 동물들에 비해 높은 수준입니다. 그렇게 본다면 인생의 종착지에 다다르기까지는 오랜 시간이 걸린다고 봐도 틀린 말은 아닐 것입니다.

그런데 그 길을 가는 데는 삶의 방식과 각 개개인의 성격에 따라 사람마다 다 다릅니다. 어떤 사람들은 조급증에 걸린 듯 매사가 그리도 바쁩니다. 그래서 현재의 자신을 돌아볼 여력이 없이 옆도 뒤도 안 보고 무작정 앞만 보고 달립니다. 그렇게 가다 보면 어느새 인생의 종착지에 다다르게 됩니다. 그렇게 살아가다 보니 이런 사람 중엔 '내가 무엇을 위해 이토록 바삐 이 길을 걸어 왔던가' 하고 자신을 돌아보며 후회를 하곤 합니다. 앞만 보고 달려오다 보니 주변을 살피지 못한, 그래서 잃어버린 삶에 대한 회한이 휘몰아치며 가슴을 사무치게 하기 때문이지요. 하지만 후회할 땐 이미 때는 늦고 맙니다. 흐르는 시간은 강물과 같아 한번 지나가면 다시는 되돌아오지 않으니까요.

너나 할 것 없이 현대인들은 삶을 바쁘게 살아갑니다. 사회 구조가 그렇게 만드는 것도 있지만, 남이 하니까 나도 해야 한다는 식으로 조급증을 참지 못하고 따라 합니다. 이는 매우 잘못된 생각이며 행동입니다. 이는 자신의 존재를 스스로 망각하는 행위입니다. 이런 삶을 지향하다 보면 물질적인 삶은 충족될지는 몰라도 자신의 내면을 풍요롭게 하는 정신적인 만족은 결코 느낄 수 없습니다. 정신적인 만족은 자기만의 삶을 지향하기 위해 노력할 때 얻게 되는 인생의 귀한 선물과도 같은 것입니다.

자기만의 삶을 만들어가는 것이 조급증에서 벗어나는 방법입니다.

등에 무거운 짐을 짊어지고 먼 길을 가는 것이 인생이다. 그러기에 우리는 일생을 급히 달리지 말고 천천히 가야 한다.

_공자

인생은 먼 길을 가는 것과 같습니다. 그런데 그 길을 급히 가다 보면 스스로 지쳐서 그 길을 포기할 수도 있습니다. 이는 마라톤 선수가 속도의 완급을 조절하지 못하고 무턱대고 빨리 달려가다 지쳐서 중도에 포기하는 것과 같은 이치입니다.

먼 길을 갈 땐 수시로 자신을 살피고 주변을 돌아보면서 천천히 가야 합니다. 그래야 옆에 있는 사람들도 보고, 산도, 나무도, 꽃도, 시냇물도 보고 풍경을 즐기며 즐겁게 갈 수 있습니다.

인생은 그런 것입니다. 무턱대고 조급증에 걸려 남만 따라가지 말고 자신만의 삶을 만들며 즐겁게 가는 것 그것이 참다운 인생입니다.

저 혼자
잘 되는 것은 없다

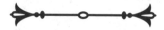

세상을 잘 살아가기 위해서는 서로 다른 분야의 사람들이 조화롭게 어울리며 살아야 합니다. 세상은 어느 특정한 분야에서 특별한 능력을 갖춘 사람이 이끌어 가는 공간이 아닙니다. 여린 떡잎처럼 작고 연약하지만 수많은 사람이 제각각의 능력을 함께 공유함으로써 만들어 가는 창조와 균형을 갖춘 희망의 공간입니다.

그런데 사람 중엔 자기만이 잘나고 똑똑해서 자신이 잘 되는 거로 압니다. 자신이 잘 되기 위해서는 물론 자신의 능력이 탁월해야겠지만, 자신이 능력을 발휘할 수 있도록 옆에서 도왔던 수많은 사람이 있습니다. 하지만 그런 사람들은 그 사실을 모릅니다. 오직 자기가 잘나서 잘 되었다는 오만으로 가득차 있습니다.

이 세상에 존재하는 모든 것들은 저 혼자 잘 되는 것은 없습니다. 봄에 뿌린 씨앗이 싹을 틔우고 잘 자라기 위해서는 햇볕도 있어야 하고, 비도 내려야 하고, 공기와 바람도 있어야합니다. 이것이 조화롭게 어우러져야 뿌리를 내리고 싹을 틔워 열매를 맺는 나무가 되고, 곡식이 되고, 채소가 되어 사람들에게 필요한 과일과 쌀과 먹을거리를 제공합니다.

씨앗이 하나의 열매가 되기 위해서는 햇볕, 비, 공기, 바람등이 필요한 것처럼 한 사람이 성공적인 인생이 되기 위해서는 그를 돕는 많은 사람이 함께해야 합니다.

거대한 나무 안에는 미래를 위한 에너지가 가득 차 있다는 생각이 문득 떠올랐다. 그런데 이 나무는 하루아침에 거대한 에너지를 얻었을까. 그렇지 않다. 험준한 산은 옆에서 다그치며 자극을 주었다. 산등성이의 흙은 나무를 지탱해 주었으며, 구름은 눈비를 뿌려 성장을 도와주었다. 여름과 겨울을 거듭해서 지내며 넓게 뻗어 나간 뿌리 역시 귀중한 양분을 흡수했던 것이다.

　거대한 나무가 잘 자라기 위해서는 험준한 산은 옆에서 다
그치며 자극을 주고, 산등성이의 흙은 나무를 지탱해 주고, 구
름은 눈비를 뿌려 성장을 도와주어야 한다고 했습니다.

　그렇습니다. 세상에 존재하는 모든 것 작은 풀이든, 꽃, 나
무, 각종 동물은 물론 만물의 영장인 사람까지도 함께함으로
써 하나의 생명으로 존재함은 물론 제 역할을 다하게 되는 것
입니다.

　자신의 능력 앞에 너무 겸양해 하는 것도 바람직하지 않지
만, 너무 과신하는 것은 더더욱 좋지 않습니다. 자신의 능력
앞에 겸손하되 자신이 잘 되는 데 도움이 되어 준 이들에게는
감사의 예를 다해야 합니다. 그것이야말로 자신과 타인들에
대한 예의이자 삶에 대한 도리입니다.

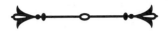

인간의
위대한 스승

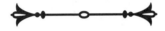

자신의 삶을 온전히 잘 살아감으로써 한 사람의 완전한 인격체로, 성공한 인생으로 거듭나기 위해서는 많은 과정을 거치게 됩니다. 살아가다 보면 기쁨이 넘치는 일도 있고, 즐겁고 유쾌한 일도 있고, 생각지 못한 뜻밖의 행운으로 세상을 다 가진 듯 만족감을 누릴 때도 있습니다.

그러나 삶은 언제나 변수가 따르기 마련이지요. 본의 아니게 실수를 하고, 실패를 경험하기도 하고, 그로 인해 말로는 다할 수 없는 고통을 겪기도 합니다. 하지만 그 고통이 마냥 고통스럽고 불행한 것은 아닙니다. 고통을 어떻게 받아들이느냐에 따라 인생이 완전히 변화되기도 합니다.

고통을 단지 고통으로만 받아들이면 삶을 고통의 바다로 여기게 되어 실패한 인생으로 끝나게 됩니다. 그러나 고통을 자신이 지금보다 더 나은 인생으로 거듭나는 터닝 포인트라고 긍정적으로 받아들이면 생각지도 못한 일로 뜻하지 않는 인생으로 거듭나게 됩니다.

단 여기엔 조건이 있습니다. 고통을 극복할 수 있는 강한 의지를 갖춰야 하고, 고통을 기쁨으로 바꿀 수 있는 창의적인 인생의 계획표를 짜야 합니다. 그리고 그 계획표대로 미칠 듯이 죽을 듯이 열정적으로 실행에 옮겨야 합니다. 그리고 끝까지 하는 힘을 잃어서는 안 됩니다. 실행을 멈추는 순간 그 계획은 물거품이 되고 마니까요.

〈메시아〉 곡으로 유명한 게오르크 프리드리히 헨델Georg Friedrich Handel은 영국 왕립음악아카데미의 음악감독으로 음악가로서는 부와 명성으로 최고의 영예를 누렸습니다. 그랬던 그가 화려했던 젊은 날에서 가난하고 초라한 인생으로 전락했습니다. 하지만 그는 실명의 위기에서도 〈메시아〉를 작곡하여 세계음악사에 길이 남는 음악가가 되었습니다. 그가 그렇게 될 수 있었던 것은 자신의 고통을 고통으로 끝내지 않고 새로운 인생으로 거듭나는 전환점으로 삼고 노력한 결과입니다.

> 고통은 인간의 위대한 스승이다. 그러므로 그 스승의 말 한마
> 디 그리고 손짓조차도 인간의 정신을 슬기롭게 해준다.
>
> _에센바흐

에센바흐의 말은 고통이 인간에게 미치는 영향을 긍정적인 측면에서 바라보고 한 멋진 말입니다.

'고통을 인간의 위대한 스승'이라고 말할 수 있는 에센바흐의 말은 고통을 단지 고통으로 보지 말고, 자신의 인생을 새롭게 변화시키는 긍정의 에너지로 삼으라는 것입니다.

그렇습니다. 고통을 고통으로 받아들이면 그것은 참혹하리만치 힘든 고통일 뿐입니다. 그러나 고통을 새로운 인생으로 탈바꿈하는 기회라고 여기면 고통은 긍정의 에너지가 되어 그 사람을 창의적이고 성공적인 인생으로 변화시킵니다.

미국의 시인이자 사상가인 랠프 왈도 에머슨은 "상처 입은 굴이 진주를 만든다"고 말했습니다. 굴에게 상처는 말로 다할 수 없는 고통이지요. 그런데 그 고통으로 만드는 진주는 얼마나 영롱하고 아름답습니까. 상처 입은 굴이 진주를 만드는 것은 상처를 고통이라 여기지 않고 아름답게 빛나는 진주를 만

드는 절호의 기회라고 여기기 때문이지요.

고통을 두려워 마십시오. 인간은 고통을 통해 더욱 강하고 위대한 존재가 된답니다. 역사는 우리에게 그것을 너무도 선명하게 보여주고 있으니까요. 고통을 즐길 수는 없지만, 고통을 기꺼이 받아들여 자신의 숨은 잠재력을 발산하는 생산적인 당신이 되십시오. 그런 당신이 진정 인생의 승리자입니다.

마음의 허기를 달래는
참 좋은 생각

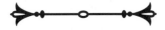

경제가 발전하면서 삶은 풍요로워졌지만, 반면 정신적으로는 빈곤해 지고 있습니다. 물질의 풍요를 모든 국민이 골고루 누려야 하는데 가진 자들의 배만 더 불리고 있습니다. 국민소득이 높아졌다고는 하나 이는 단지 하나의 수치일 뿐 체감으로는 느낄 수 없다고들 합니다. 그러다 보니 많은 국민은 상대적인 박탈감으로 사는 게 힘들다고 말합니다.

부富가 어느 특정한 곳으로 쏠리는 현상은 과거에도 그러했고, 현대에 와서도 그리 바람직한 현상은 아닙니다. 이는 국민 계층 간에 위화감이 조성됨으로써 가진 자와 가지지 못한 자들 간에 보이지 않은 벽이 생기기 때문이지요. 그렇게 되면 조화로운 삶이 형성되기란 쉽지 않습니다. 이는 결국 가지지 못한 자들에게는 삶을 허기지게 하고, 그로 인해 마음 또한 공허한 허기로 가득 차게 됩니다. 삶에 허기가 지면 사는 것이 즐겁지 않고, 무엇을 하더라도 좀체 신이 나질 않습니다. 이럴 땐 정신적 빈곤에서 오는 마음의 허기를 채워야 합니다.

미국의 저명한 심리학자인 바바라 골든은 허기를 달래는 방법에 대해 다음과 같이 비유적으로 말했습니다.

우리에게 영양분을 주는 것은 음식만이 아니다. 음식은 허기를 가라앉히고 에너지를 채워주지만 진정 우리를 성장하게 하는 것은 음식을 만드는 사람의 마음과 사랑이다. 먹을 때마다 느껴지는 진심 어린 사랑은 그 음식을 단순한 영양 성분과 칼로리를 초월하게 한다. 살면서 맺는 여러 관계와 우리가 경험하는 모든 좋은 감정들도 우리의 성장에 필수적인 자양분이 된다.

정신적인 자양분과 더불어 성장에 필요한 것은 애정 어린 신체적 접촉이다. 신체적인 접촉과 사랑도 필수 비타민과 미네랄처럼 생존을 위한 필수 요소로 지정하고 음식 피라미드의 일부에 포함해야 한다. 그것이 부족하면 우리 몸에 들어오는 음식은 신진대사에 도움이 되지 않는다. 각자에게 필요한 음식은 저마다 다르다. 당신에게 필요한 특별한 자양분을 찾아 골고루 섭취하라.

_바바라 골든

바바라 골든은 허기를 달래고 그 사람을 성장하게 하는 것은 음식을 만드는 사람의 마음과 사랑이라고 말합니다. 그리고 살면서 맺는 여러 관계와 우리가 경험하는 모든 좋은 감정들도 우리의 성장에 필수적인 자양분이 된다고 말합니다.

옳은 말입니다. 정신적 빈곤에서 오는 마음의 허기를 달래기 위해서는 영양분을 골고루 섭취해야 건강한 몸이 되듯 사랑하는 사람들의 관심과 배려, 사랑이 함께해야 합니다. 따뜻한 관심과 사랑을 받게 되면, 용기의 에너지가 발생하고 이는 삶에 의지로 전환되지요. 그리고 허기로 가득 찼던 마음속에는 사랑하는 사람들과 타인에 대한 따뜻한 사랑으로 가득 차게 됨으로써 마음의 허기를 극복하게 되고 자신이 하는 일에 매진하게 되지요.

마음의 허기는 현대인들이 극복해야 할 하나의 일상과도 같습니다. 그런데 마음의 허기를 달래지 못한다면 진취적인 인생이 될 수 없습니다. 물질이 풍요롭지 않더라도 사랑하는 이들끼리 서로 칭찬하고, 배려하고, 따뜻한 미소로 용기를 주고, 사랑으로 감싸주면 얼마든지 마음의 허기에서 벗어날 수 있습니다. 마음의 허기에서 벗어나는 현명한 인생이 되어야 하겠습니다.

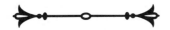

인생이라는
바다를 건너는 법

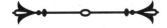

인생이란 바다는 오대양 육대주보다 더 넓은 삶의 바다입니다. 인생의 바다는 그 넓이와 깊이를 가늠할 수 없습니다. 그러니 인생을 살아간다는 것은 쉽지가 않습니다. 때론 모험과도 같습니다. 가다 보면 생각지도 못한 고난의 폭풍을 만나 어쩌지 못해 우물쭈물하고, 그 도가 지나치면 절망의 늪에 빠져 몸부림치기도 합니다. 또한, 수시로 삶의 돌부리에 걸려 넘어지기도 합니다.

그러나 그렇다고 해서 그 길을 가지 않을 수는 없습니다.

그 길은 가기 싫어도 가야 합니다. 가는 길을 멈추는 순간 그것은 곧 생명이 끝나는 것과 같으니까요.

인생의 바다를 성공적으로 건너기 위해서는 굳은 의지를 갖고 힘차게 자신만의 노를 저어야 합니다. 그 아무리 폭풍이 휘몰아치고 파도가 밀려와도 노를 힘차게 저으면 멈추지 않고 헤쳐나가게 됩니다. 그리고 마침내 자신이 원하는 목적지에 도달하게 됩니다.

그런데 사람 중엔 인생의 바다를 너무 쉽게 건너가려고 합니다. 편법을 쓰고, 요령을 피우고, 쉬운 방법에 눈독을 들이고, 남을 쓰러뜨려서라도 자기 뜻을 성취하려고 합니다. 하지만 이것은 자신은 물론 자신의 주변 사람들까지 고통으로 몰아가는 일일 뿐 정당한 길은 아닙니다.

참다운 인생의 기쁨을 맞아들이기 위해서는 아무리 힘들고 어려워도 자신에게 부끄러움 없이 인생의 바다를 건너야 합니다. 그랬을 때 맞게 되는 그 기쁨은 이루 말할 수 없이 큽니다.

광풍이 불고 폭풍우가 제아무리 휘몰아쳐도 뿌리를 탄탄하게 내린 나무는 쓰러지지 않는 것처럼 인생 또한 굳은 의지와 신념으로 무장하면 절대 쓰러지지 않습니다.

인생이라는 바다에

큰 폭풍우가 몰아칠 때

안전한 해변에서

하나님이 구원해주시지 않을까

가만히 기다리지 말고

몸과 마음을 다해 힘껏 헤쳐나가라.

칼바람이 불어와 바늘처럼 살을 찌를 때

두꺼운 옷으로 온몸을 가려

그 신성한 힘,

그 신성한 목적을 무시하지 말고

온 신경을 곤두세우며 견뎌내라.

_존 G. 휘티어

미국의 작가이자 노예폐지론자로 유명한 존 G. 휘티어^{John Greenleaf Whittier}가 한 말로 인생을 살아가는 방법에 대해 잘 말해주고 있습니다.

혹여 지금까지 쉽게 인생의 바다를 건너려고 생각했다면 그 생각을 마음에서 몰아내세요. 그것은 자신의 능력을 썩게 하는 것과 같으니까요.

참된 인생의 묘미란 쉽게 해서 이루는 것보다는 어려움을 통해 이룰 때 더 크게, 더 기쁘게 다가오는 법입니다.

인생의 바다를 의지와 신념을 갖고 당당하게 건너가십시오. 아름답게 빛나는 자신만의 인생을 위해서는 그렇게 가는 게 참된 인생의 길입니다.

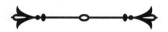

나를 찾는
마음공부

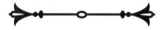

사는 게 바쁠수록 마음은 더 축축 쳐집니다. 마음이 쳐지다 보면 여유를 느끼지 못합니다. 그러면 가족 간에 작은 일에도 불평하고, 짜증을 내게 되고, 심하면 서로에게 상처를 주기도 합니다. 또한, 주변 사람과 소소한 일에도 참지 못하고 언성을 높이거나 다툼으로써 불편한 사이가 되곤 합니다. 이럴 땐 만사를 제쳐놓고 지친 마음을 풀어야 합니다.

지친 마음을 풀기 위해서는 마음을 최대한 편하게 해야 합니다. 고요한 음악을 듣거나 명상을 하고, 산을 오르거나 여행을 하고, 노래를 부르거나, 책을 읽거나, 마음이 잘 통하는 친구와 수다를 떨거나, 봉사하는 등 자신에게 가장 잘 맞는 것을 통해 지친 마음을 풀어야 합니다. 이렇게 하다 보면 쌓일 대로 쌓인 스트레스가 풀리고, 지친 마음 또한 눈 녹듯 사르르 녹습니다.

마음공부가 필요한 것은 바로 이 때문입니다. 자신에게 잘 맞는 방법으로 지친 마음을 풀어주어야 몸과 마음을 가벼이 하여 활기차고 즐겁게 생활할 수 있으니까요. 앞에서 말한 지친 마음을 푸는 방법은 하나의 수단이지요. 진짜 마음공부는 자신을 돌아보는 시간을 통해 성찰하는 것입니다. 성찰을 위한 마음공부로는 책 읽기, 사색, 묵상을 통한 자기 돌아보기 등이 있습니다.

성찰을 위한 마음공부가 습관이 되면 어떤 어려움을 만나도 슬기롭게 극복할 수 있게 됩니다. 그뿐만 아니라 지친 몸과 마음을 푸는 데도 아주 효과적입니다.

나 또한 어떤 날은 하루가 일주일처럼 느껴지는 날이 있습니다. 하루가 그만큼 지루하고 길게 느껴진다는 것은 마음이 편치 않다는 것이지요. 이런 날은 좋아하는 음악도, 책도 눈에 들어오지 않습니다. 아직도 마음공부가 여물지 못했기 때문입니다. 그래서 마음하나 바로잡지 못하는 날은 스스로에게조차 머리를 들지 못할 만큼 부끄럽습니다.

하루가 이삼일

혹은 일주일처럼

길게 느껴질 때가 있나니

필경 그런 날은

마음이 끝 간 데 없이 어지러울 때이다

이런 날은 음악을 들어도

책을 펼쳐 들어도

거리를 떠돌아도 매한가지다

시름 진 마음 하나 달래지 못하는 건

아직도 마음공부가 부족한 까닭이다

할 일은 저토록 태산과 같고

마음 깊이 채워야 할 것들은

눈앞에 아득한데

마음 하나 추스르는 일이

태평양을 맨발로 건너는 것보다 어려우니

무릇,

나의 그릇됨이 소접만도 못함이다

하루가 다하도록

마음하나 바로잡지 못하는 날은

스스로에게조차 머리를 들지 못함이니

배움배움이 여물지 못한 까닭이다

_김옥림, 〈치심治心〉

　　내가 마음 하나 다스리지 못하는 것은 배움이 여물지 못한 까닭입니다. 마음공부가 제대로 되었다면 그 어떤 일에도 마음이 어지럽지 않을 테니까요.

　　그렇습니다. 삶이 각박하고 바쁠수록 마음공부가 필요합니다. 마음공부는 삶의 여유를 주고, 지침과 힘듦으로부터 자신을 충분히 지켜낼 수 있답니다.

　　마음공부는 나를 찾는 삶의 참 공부입니다.

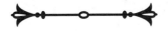

누군가의 삶에
무게를 지우지 않기

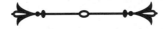

살다 보면 자신의 의도와는 상관없이 타인에 의해 고통을 받는 일이 다반사입니다. 나는 아무 말도 안 하고, 아무런 행동도 안 했는데 상대방이 오해하는 경우도 있고, 나는 가만히 있는데 내 의사와는 상관없는 일로 마음의 고통을 겪기도 합니다.

내가 잘 아는 지인은 타인에 대한 배려심이 좋고, 매우 친절합니다. 그래서인지는 몰라도 그의 주변엔 많은 사람이 있습니다. 그런데 그 사람 중엔 지인의 의사와는 상관없이 그를 자기 생각 안으로 끌어들여 다른 사람들에게 제 생각을 주장하는 데 있어 지인을 방패막이로 삼는 경우가 있습니다. 그러다 보니 지인은 본의 아니게 그 사람들끼리의 논쟁에 끼어드는 꼴이 되고 맙니다. 그래서 공연히 오해를 사기도 하고, 개념 없는 사람들 숲에서 마음고생을 하곤 합니다.

이렇듯 누군가에 의해 자신의 삶에 무게가 지워진다는 것은 썩 유쾌하지 않을뿐더러 분노를 치밀게 합니다. 지금 우리 사회는 자신의 의사와는 상관없는 일로 고통 받는 사람들이 많습니다. 특히 SNS소셜 네트워크 서비스가 활발한 요즘 이런 현상은 도를 넘어 법적 문제로 대두하고 있습니다.

이 모두는 마음공부가 안 된 사람들이 마음이 허해 벌이는 일입니다. 이런 사람들은 타인에 대한 배려심이 없고, 모든 것을 자신의 견해에서 바라보고 생각합니다. 그러다 보니 남들도 자신과 같은 생각이라고 여기는 것입니다. 이는 대단히 잘못된 생각이며 타인들에게 상처를 주는 불씨가 됩니다. 이런 삶의 자세는 지양해야 합니다. 그렇지 않으면 타인들에게 고통을 줌은 물론 자신 또한 자신이 벌인 일로 대가를 톡톡히 치름으로써 인생의 쓴맛을 보게 될 것입니다.

베란다 문을 여는데

한 짐이나 무게가 느껴진다.

무슨 일인가 하여 보니

문틈에 쌀알만 한 티가 끼어있다.

저 작은 것이 사르르 열리는 문을

한 짐의 무게로 늘려놓다니,

티를 떼어내자

손가락 하나로도 닫히는

이토록 가벼운 무게의 즐거움이여,

작은 티를 떼어내며 알았다.

누군가의 삶에 무게를 지운다는 것은

지독한 악덕^{惡德}이라는 것을.

_김옥림, 〈문〉

어느 날 베란다로 나가는 문을 여는데 부드럽게 열려야 할 문이 뻑뻑한 거였습니다. 몇 번을 시도하다 혹시 고장 난 것인가 하여 유심히 살펴보는데 아, 글쎄 쌀알만 한 크기의 티가 문틈에 끼어 있었던 것입니다. 그 작은 것이 문의 무게를 한 짐의 무게로 늘려놓은 것입니다.

인생을 살아가면서 누군가에게 도움을 주지는 못할망정 짐이 되어서는 안 되겠습니다. 그것은 스스로 부끄럽게 하는 일이며 자신의 인생에 오점을 남기는 일입니다.

누군가에게 맑은 날 같은 인생이 되어야 합니다. 그것이 자신의 인생에 대한 예의이자 도리입니다.

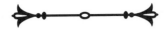

자신을 이롭게 하는
최선의 지혜

세상을 살아가는 데는

항상 한 걸음 물러설 줄 알아야 한다.

물러서는 것은 곧 나아가는 밑천이다.

사람을 대신하는 데는

항상 너그러워야 한다.

남을 이롭게 하는 것은

곧 자기를 이롭게 하는 것이다.

_채근담

세상을 살아가다 보면 많은 사람이 경쟁으로 부딪치기도 하고, 남보다 더 잘 되기 위해 상대를 곤경에 빠트리게도 합니다. 하지만 이런 삶의 방법은 자신을 망하게 하고 상대를 불행하게 하는 악덕입니다. 이렇게 해서 얻게 되는 그 어떤 성과도 반갑지 않습니다. 그것은 정당하지 못한 방법으로 이룬 성과이기 때문입니다.

자신이 진정으로 잘 되기 위해서는 자신을 복되게 하고, 상대를 복되게 해야 합니다. 그렇게 해서 얻는 성과는 자신도 상대도 행복하게 하는 눈물겹도록 아름다운 일이니까요.

세기의 부자로 미국의 기부문화 1세대인 앤드류 카네기와 헨리포드, 록펠러를 보면 자신들만이 잘되기 위해 살지 않았습니다. 그들은 자신이 애써 이룬 부를 사회에 환원함으로써 모두에게 희망의 불씨가 되었습니다. 그들은 자신을 돕듯 남을 도왔던 것입니다. 그랬기에 그들은 지금도 많은 사람에게 존경받는 인물로 회자하고 있습니다.

《채근담》에서도 "남을 이롭게 하는 것은 곧 자기를 이롭게 하는 것이다"라고 말합니다. 그렇습니다. 카네기와 헨리포드, 록펠러가 했듯 그렇게 살아야 함을 말합니다.

앞으로의 삶은 혼자서는 절대 잘 살아갈 수 없습니다. 물론 인류가 존재한 이래로 그러했지만 모든 것이 다양화되고, 다

변화되는 미래사회에서는 더더욱 함께 머리를 맞대고 힘을 모아야 합니다. 그렇지 않고 혼자만 잘 되려고 탐욕을 부린다면 그것은 곧 자신을 멸망의 길로 끌고 가는 일이 될 것입니다.

그처럼 불행한 인생이 되고 싶지 않다면 함께 힘을 모으고, 돕고, 밀어주고 끌어주는 일에 앞장서야 합니다. 그리고 양보하고 한 발 뒤로 물러서야 합니다. 그것은 손해를 보는 일처럼 여겨질지도 모릅니다. 그러나 그것은 자신을 이롭게 하여 잘 되게 하는 최선의 지혜입니다.

자신을 돕듯 남을 돕는 인생, 그런 인생이 가치 있고 보람 있는 참 인생입니다.

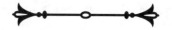

자신의 삶을
지배하는 사람

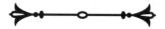

자신의 마음을 조율할 줄 아는 사람은 자신의 삶을 지배할 줄 압니다. 그런데 문제는 자신의 마음을 조율한다는 것은 쉽지 않다는 것입니다. 자신의 마음 즉 감정을 조율한다는 것은 많은 노력이 필요합니다. 타고난 성격적인 문제도 있고, 배움에 따른 문제도 있고, 삶의 가치관에 따른 문제 등 여러 가지 환경조건에 영향을 받기 때문이지요.

자신의 삶을 성공적으로 (여기에서 성공은 부를 축적하고, 높은 자리에 오르는 등의 외적인 성공만이 아니라 학문적이든 내면적으로 충실하게 살았던 삶을 말함) 이끈 이들은 대개 자신의 마음을 자신이 조율할 줄 알았습니다. 강한 의지와 신념, 끈기와 절제력, 강한 추진력으로 자신의 마음을 지배하며 자신이 추구하는 것에 열정을 다 바쳤습니다. 이는 다양한 분야에서의 성공적인 삶을 살았던 이들의 공통점입니다.

이렇듯 자신의 삶을 지배하기 위해서는 자신의 마음과 행위를 지배할 수 있어야 합니다.

사람은 자기의 행위를 자기가 지배할 수 있다. 자기 자신에게서 발견하고 자기가 살고 있는 동안 발전시켜 나가지 않으면 안 된다. 그것 이외에 선*은 있다고는 생각하지 마라.

이는 미국의 시인이자 사상가인 랠프 왈도 에머슨[Ralph Waldo Emerson]의 말입니다. 에머슨의 말에서 보듯 사람은 자신의 행위를 지배할 수 있어야 한다고 말합니다. 그리고 그것 외에 선은 없다고 말합니다.

남이 하는 일을 잘 알고 있는 사람은 똑똑한 사람이다. 자기 자신을 잘 알고 있는 사람은 그 이상으로 총명한 사람이다. 그리고 남을 설복시킬 수 있는 사람은 강한 사람이다. 그러나 자신을 이겨내는 사람은 그 이상으로 강한 사람이다.

_노자

노자가 한 말로 에머슨이 한 말과 일맥상통한다고 할 수 있습니다.

자신의 행위를 지배하기 위해서는 자신의 마음을 강하게 단련시켜야 합니다. 마음을 강하게 하기 위해서는 의지와 신념을 강하게 하고, 끈기와 절제력을 길러야 합니다. 그리고 머뭇거리지 않는 강한 추진력을 길러야합니다. 물론 이 모든 것들을 단련시킨다는 것은 매우 어렵습니다. 하지만 자신만의 성공적인 삶을 살기 위해서는 반드시 그렇게 해야 합니다. 자신의 삶을 지배하는 사람이 진정으로 성공한 사람이니까요.

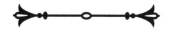

불행을 행복으로
바꾸는 힘

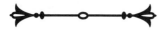

불행은 사람을 가리지 않고 찾아옵니다. 불행은 인생의 불청객으로서 누구나 원하지 않는 마치 불한당 같은 존재입니다. 그런데 불행은 아주 뻔뻔스러워서 자신을 싫어하는데도 어디든지 기웃거리며 기회를 엿봅니다.

물론 자신의 잘못으로 인해 불행을 자초하기도 하지만, 실수를 일부러 하는 사람이 없는 것을 보면 이 또한 그 사람의 운명 같은 일이지요.

하지만 불행을 이길 방법은 있습니다. 그것은 불행 앞에서 강해지는 것입니다. 불행은 의지가 강한 사람에게는 약하고, 의지가 약한 사람에게는 강합니다. 그러기 때문에 불행을 이기기 위해서는 스스로 강해지지 않으면 안 됩니다.

불행을 불행으로서 끝을 맺는 사람은 지혜가 없는 사람이다. 불행 앞에 우는 사람이 되지 말고, 불행을 하나의 출발점으로 이용할 수 있는 사람이 되라. 불행을 모면할 길은 없다. 불행은 예고 없이 곳곳에서 우리를 기다리고 있다. 어떠한 총명도 미리부터 불행을 막을 수는 없다. 그러나 불행을 밟고 그 속에서 새로운 길을 발견할 힘은 우리에게 있다. 불행은 때때로 유익한 자극제가 될 수 있다. 우리는 불행을 자기를 위하여 이용할 수 있다.

_오노레드 발자크

19세기 사실주의 문학의 거장인 프랑스 소설가 오노레 드 발자크Honore de Balzac가 한 말로 불행에 대처하는 자세에 대해 말하고 있습니다. 발자크는 문학에 뜻을 두고 《크롬웰》과 비극 작품을 썼지만, 실패하고 밥벌이 수단으로 풍자소설 및 역사소설을 썼습니다. 또한, 그는 출판업과 인쇄업에 종사했지만 실패하였지요. 그에게는 불행이 늘 그림자처럼 따라다녔습니다.

그러나 발자크는 불행 앞에 굴복하지 않았습니다. 그는 늘 어나는 빚을 갚기 위해 쉴 새 없이 글을 써야만 했습니다. 그는 자신 앞에 닥친 어려움을 극복하기 위해 최선을 다했고, 마침내 작가로서 성공하였습니다.

그의 주요작품으로는 걸작으로 꼽는 《고리오 영감》, 《13인의 역사》, 《샤베르 대령》, 《투르의 신부》, 《인간희극》외 방대한 작품을 남겼습니다.

발자크는 불행할 뻔한 자신의 인생을 성공한 인생으로 바꾸었습니다. 그는 자신의 이러한 경험을 바탕으로 "불행을 불행으로서 끝을 맺는 사람은 지혜가 없는 사람이다. 불행 앞에 우는 사람이 되지 말고, 불행을 하나의 출발점으로 이용할 수 있는 사람이 되라."는 긍정적이고 능동적인 멋진 말을 남겼던 것입니다.

반갑지 않은 인생의 손님인 불행이 찾아오면 강한 의지로 무장하여 맞서야 합니다. 그 어떤 불행도 강한 의지 앞에서는 꼬리를 내리는 법이니까요. 강한 의지로 무장하여 맞서는 것, 이것이 바로 불행을 행복으로 바꾸는 최선의 힘인 것입니다.

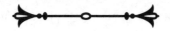

짐으로써
이기는 지혜

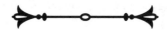

풀은 바람에 맞서지 않고

순응함으로써

연약함을 넘어 꽃을 피운다.

나무는 비를 피하지 않고

온몸으로 받아들임으로써

생명의 숨결인 열매를 맺는다.

순응하는 것들은

제 몸을 굽힘으로써

제 모습대로 이어나간다.

하지만 순응하지 못하는 것들은

사람이든 짐승이든 그 무엇이든

제 본질을 잃어버리고

비감하게 퇴락하고 만다.

순응은 지는 것이 아니다.

짐으로써 이기는 것이다.

_김옥림, 〈순응하는 법〉

순응은 자신에게 주어진 대로 거부하지 않고 응하는 것을
말합니다. 풀은 연약하지만 아무리 강풍이 몰아쳐도 부러지거
나 뽑히지 않습니다. 바람에 저항하지 않고 바람이 부는 대로
제 몸을 누이거나 따라가기 때문입니다. 그러나 단단한 전봇
대는 굽히거나 누이지 못해 쓰러지거나 부러지는 것입니다.

물을 한번 보십시오. 물 또한 순응의 대명사입니다. 물은
부드럽지만 흐름을 거부하지 않음으로써 앞으로 나갑니다. 앞
에 둑 같은 장애물이 있으면 물이 둑 높이만큼 다 찰 때를 기

다렸다가 다 차면 둑을 넘어갑니다. 또 흐르다 빈틈이 있으면 빈틈으로 빠져나갑니다. 그래서 물은 막힘이 없는 것입니다. 그리고 물은 부드럽지만 강한 것의 상징입니다. 강물이 범람하면 빌딩이며 자동차며 집이며 그것이 무엇이건 다 휩쓸어 버립니다. 이렇듯 물은 부드럽지만 무서운 존재이기도 합니다.

단단한 돌이나 쇠는 높은 데서 떨어지면 깨지기 쉽다. 그러나 물은 아무리 높은 곳에서 떨어져도 깨지는 법이 없다. 물은 모든 것에 대해 부드럽고 연한 까닭이다.
저 골짜기의 흐르는 물을 보라. 그 앞에 모든 장애물에 대해서 스스로 굽히고 적응함으로써 줄기차게 흘러 드디어 바다에 이른다. 적응하는 힘이 자제로워야 사람도 그가 부닥친 운명에 굳세게 맞설 수 있다.

_노자

노자는 순응의 진리에 대해 그 오래전에 이미 이렇게 말했던 것입니다. 노자가 말하는 '적응'은 바로 '순응'을 말하는 것입니다. 우리가 흔히 하는 말로 '순리'라는 말이 있습니다. 거스르지 않고 자연의 이치를 따르는 것을 말하는데 이 또한 순응과 일맥상통합니다.

불가피한 일은 조용히 받아들여라.

_소크라테스

소크라테스^{Socrates}는 불가피한 일은 조용히 받아들이라고
했는데, 이는 힘이 미치지 못하는 것은 억지로 하려고 하지 말
고 체념하라는 것을 말합니다. 이는 어떻게 보면 무책임한 말
같지만, 이 또한 순응을 뜻하는 것입니다.

왜일까요? 힘이 미치지 못하거나 능력이 미치지 못하는 것
을 억지로 하다 보면 잘못되는 일이 불 보듯 빤하기 때문이지
요. 우리는 이런 경우를 많이 보아왔습니다.

여기서 말하는 지는 것은 지는 것이 아니라 이기는 것입니
다. 부드러움이 강함을 이기고, 불가피한 일을 체념하는 것은
잘못될 수 있는 것을 사전에 막는 현명한 일입니다.

순응하는 자세를 기르십시오. 순응함으로써 더 큰 것을 얻
을 수 있고, 잘못될 수도 있는 일을 지혜롭게 극복할 수 있으
니까요.

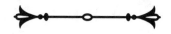

내 마음을
경계하기

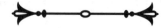

　살아가면서 겪게 되는 어려운 일 중 하나가 자신의 마음을 다스리는 일입니다. 어찌 보면 자신의 마음을 다스리는 일이 쉬울 법도 한데 그렇지 않습니다. 화가 치밀어 오를 때 화를 삭이는 것이라든가, 상대가 억울한 소리를 할 때 참는다는 것이라든가, 우쭐하는 마음으로 주변 사람에게 눈살을 찌푸리게 하는 것이라든가 하는 일들은 생각대로 잘 안 됩니다. 수양이 안 되어 그런다고 할 수 있겠지요.

　그런데 문제는 이를 그대로 내버려두면 자신은 물론 주변 사람에게도 부정적으로 작용한다는 사실입니다. 화를 잘 내는 사람, 억울한 소리를 잘하는 사람, 눈살을 찌푸리게 하는 사람을 좋아할 사람은 어디에도 없을 것이기 때문입니다.

나아가 이런 사람들은 자신의 티는 못 보면서, 남의 티는 보는 족족 지적을 하며 퉁퉁거립니다. 자신의 몸에 묻은 티는 보지 못하고, 남의 몸에 묻은 티는 어찌 그리도 잘 짚어내는지 생각하면 할수록 헛웃음만 나옵니다.

눈을 경계하여 남의 잘못됨을 보지 말고. 입을 경계하여 남의 단점을 말하지 말고, 마음을 경계하여 탐욕을 꾸짖어라.

_명심보감

《명심보감》에 나오는 말로 남의 잘 못된 것을 보지 말고 그런 자신의 마음을 경계하라고 일러 말합니다. 자신의 마음을 조율하는 사람은 결국 자신입니다. 그것은 남이 절대 해 줄 수 없는 일입니다.

자신의 최대의 적은 외부에도 있지만, 자신의 내면에 깊숙이 뿌리 박혀있습니다. 자신을 이기기 위해서는 자신의 내면 깊숙이 뿌리박혀 있는 적을 물리쳐야 합니다.

그러기 위해서는 첫째, 참고 인내하는 법을 배워야 합니다.

129

둘째, 분노를 조절하는 지혜를 길러야 합니다. 셋째, 절제하는 절제력을 배워야 합니다. 넷째, 상대를 존중하고 배려하는 마음을 길러야 합니다. 다섯째, 주변을 살피는 눈을 기르고 잘못을 용서할 줄 아는 관용의 마음을 길러야 합니다. 여섯째, 부정적인 마음을 긍정적으로 바꾸어야 합니다.

이처럼 여섯 가지의 마음을 갖기 위해서는 마음공부를 해야 합니다. 마음공부가 되면 자신의 마음을 스스로 조율하게 됨으로써 자신의 마음을 경계할 수 있습니다. 자신의 마음을 경계하는 자세야말로 자신을 잘 되게 하고 복되게 하는 일입니다.

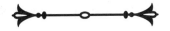

내 삶의
존재 방식

사람은 누구나 자기 삶의 존재방식이 있어야 합니다. 삶의 존재 방식을 통해 자신이 추구하는 것을 실현할 수 있기 때문입니다. 자기 삶의 존재방식은 자신이 정하되 자신이 가장 잘할 수 있는 것으로 해야 합니다. 자신이 잘하는 것은 오랫동안 해도 지루하지 않고, 흥미진진합니다.

그런데 요즘 사람 중엔 자기 삶의 존재방식을 따르지 않고, 그럴듯한 겉모습만 보고 따라갑니다. 그것이 자신의 잠재력과 상관없는데도 무작정 자신을 그것에 맞추려고 합니다. 그러다 보니 한계에 부딪혀 갈등하게 되고, 자신의 잠재된 능력을 썩히는 비생산적인 삶을 살아갑니다.

카지노에 빠져 재산을 탕진하고 가족들과 헤어져 노숙자로 살아가는 사람들, 주식투자에 매진하다 남의 돈까지 횡령하여 차가운 감옥살이를 하는 사람들, 남의 공돈을 노리고 인터넷을 통해 사기극을 벌이는 불나방 같은 사람들, 학교에 입학을 시켜주겠다며 뒷돈을 받아 쇠고랑을 차는 사람들, 청탁 뇌물로 자리를 얻으려다 패가망신하는 사람들 등 정도에서 벗어나 온갖 비정상적인 방법으로 삶을 살아가는 사람들이 있습니다. 이는 자신을 쓰레기로 만드는 일이며 다른 사람들의 삶을 짓밟는 파렴치한 일입니다.

자신이 갖춘 능력을 최대한 계발하고 발휘하여 자신에게나 다른 사람들에게 부끄러움이 없이 떳떳해야 합니다. 가난하면 좀 어떤가요. 남보다 자리가 낮으면 어떤가요. 자신이 갖춘 능력으로 정도를 지키며 사는 것, 그게 참 행복이 아니던가요.

데카르트는 생각하기 때문에
존재한다고 했지만,
글쓰기는 내가 살아있음을 가장
확실하게 느끼는 존재의 근원이다.

천형처럼 거부할 수 없는 슬픔도,

피해갈 수 없는 고독도

나의 글쓰기를 어쩌지 못한다.

때때로 천지사방이

캄캄하게 저려오는 이 길에서

쓰러지지 않고 버틸 수 있는 건

운명처럼 달고 사는 글쓰기의 힘이다.

글쓰기는 내 목숨을 이어가게 하는

내 생명의 젖줄이며,

나를 가장 확실하게 들여다보게 하는

내 삶의 존재방식이다.

_김옥림, 〈내 삶의 존재 방식〉

내 삶의 존재방식은 '글쓰기'입니다. 나는 글을 쓸 때 가장 행복하고, 가장 나 자신이 자랑스럽습니다. 또한, 글쓰기는 내 목숨을 이어가게 하는 내 생명의 젖줄이며, 나를 가장 확실하게 들여다보게 하는 내 존재의 근원입니다.

나는 글쓰기를 통해 나의 독자들에게 희망을 주고, 용기를 주고, 기쁨과 즐거움을 주고 싶습니다. 이것이 내가 글쓰기를 사랑하는 이유이자 내 삶의 존재 이유입니다. 나는 내가 숨을 쉬고 푸른 하늘 보기를 마치는 그 날까지 정도를 지키며 글쓰기를 멈추지 않을 것입니다.

　어떤 이유에서도 정도를 벗어나면 그 순간 거짓된 삶을 살아가게 됩니다. 자신에게 가장 잘 맞는 삶의 존재방식을 찾아 정도를 지키며 살아가야 하겠습니다. 그것이 자신의 삶을 최선으로 이끌어줄 것입니다.

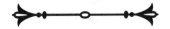

새로운 나를 위한,
마음 씻기

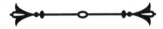

양곡 창고 늙은 쥐가 말斗만한데

사람이 창고 문 열고 들어와도 달아나질 않는구나.

병사들 군량미가 없고 백성들은 굶주리는데

뉘라서 아침마다 네놈 입에 먹을 것을 가져다 바치느냐.

_조업曹鄴, 〈관창서〉

옛날도 지금처럼 부정부패가 만연했음을 이 한시를 통해서
잘 알 수 있습니다. 부조리라는 것은 동서양을 막론하고 막을

수 없는 하나의 커다란 물줄기와도 같은 것입니다. 국민을 돌보고 국가의 안위를 위해, 국가의 발전에 전심전력해야 하는 국가 지도자나 공무원관리들이 검은돈에 눈이 멀어 제 할 일을 다 하지 못하고 뇌물청탁에 빠져 허우적거린다면 그 사회와 그 나라의 현실은 암울할 것입니다. 또 그 미래는 검은 구름에 가려진 칙칙하고 우울한 날씨처럼 사람들의 마음을 심란하게 하고 불안하게 할 것입니다.

이 한시에서 보면 부정부패자를 늙은 쥐에 비유했고, 그 크기가 말만 하다고 했습니다. 병사와 백성들이 먹을 것이 없어 굶주리는데도 제 뱃속만 채우려는 부정부패자의 더러운 행위를 신랄하게 비판하는 이 한시는 당나라 조업이 지은 것인데, 시공을 초월하여 현시대에도 가슴을 치게 하는 선견지명의 눈이 맑게 번뜩입니다.

부정부패란 나라와 국민을 파멸시키는 가장 확실한 부조리입니다. 그리고 부정부패를 일삼는 국가의 지도자나 관리들의 말로는 반드시 처벌되었음을 우리의 역사에서도 누누이 보아 왔습니다.

이런 부조리한 마음을 자신의 마음에서 멀어지게 하려면 늘 자신을 돌아보는 마음을 길러야 합니다. 악한 것을 멀리하고, 정도正道에서 벗어나지 말아야 하며, 맑고 곧은 성품을 닦아야 합니다. 그러기 위해서는 책을 가까이하여 정신세계를 풍요롭게 하고, 성찰하는 마음을 기르고, 자신이 하는 일에 긍지를 갖고, 보람 있는 일이 무엇인지에 대해 돌아보는 눈을 가져야 합니다. 그래야 허하고 부정한 마음으로부터 벗어 날 수 있습니다.

성경에서도 마음을 가난하게 해야 천국에 이른다고 했으며, 부자가 천국에 들어가는 것은 낙타가 바늘구멍을 통과하기보다도 어렵다고 했습니다.

욕심을 버려야 합니다. 탐욕으로 가득 찬 마음일 때 자신도 모르는 사이 도적같이 부조리한 마음이 들어오는 것임을 알아야 합니다. 이 한시에서는 부도덕한 지도자나 정부의 관리자들을 지목했지만 이러한 부조리한 마음은 그 누구에게나 있는 것이므로 우리가 모두 마음에 담아두고 경계하는 마음을 가져야 합니다.

사람의 마음을 씻는 것은 몸을 씻는 것과 같다. 하루 사이에 예전에 물들었던 더러운 것을 씻고 새로운 것을 얻거든, 그 새로운 것을 가지고 날마다 새롭게 하고 또 날마다 새롭게 하라.

_대학

사람들은 얼굴을 씻고 몸을 씻는 것은 잘합니다. 하지만 마음을 씻는 일엔 게을리하는 것 같습니다. 정작 씻어야 하는 것은 마음입니다. 마음이 더러우면 얼굴과 몸이 아무리 깨끗해도 모든 것이 더러워 보입니다. 그러기 때문에 마음을 깨끗하게 해야 합니다. 날마다 자신을 돌아보는 시간을 가지십시오. 그래서 자신이 생각했을 때 자신의 마음이 온전하지 못하다는 생각이 들면 곧바로 자신의 마음을 반성함으로써 온전한 마음으로 돌려놓으십시오. 그래서 날마다 새로운 내가 되어 새로운 마음으로 자신이 하는 일에 정진하십시오.

마음이 맑고 깨끗한 당신, 마음이 올곧고 그래서 더욱 사람다운 당신, 그런 사람이 되어야 합니다. 그런 당신이 진정 아름다운 사람입니다.

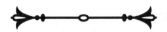

침묵^{沈默} 속의
평안

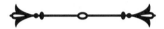

꿈결처럼 아득하고 고요한 시간에는

묵묵히 자신을 돌아보라

아무도 지울 수 없는

시간의 그림자를 따라

경건히 머리 숙여 기도하라

자신을 돌아보는 지혜로운 눈빛 속엔

내일의 꿈이 살아 있다

침묵의 평안으로 길들여지므로

자유케 되나니

숨결처럼 고요한 시간에는

자신을 돌아보는 마음을 키우라

지혜는 고요히 자신을 들여다볼 때

환하게 열려지나니

자신의 마음을 가만히 다독이는

눈을 가지라

_김옥림, 〈고요한 시간에는〉

분주하고 시끄러운 하루의 일상을 접고 나면 마음과 몸은
지쳐 물에 젖은 솜이불처럼 축 처져 늘어지곤 합니다. 현대사
회는 다양성의 사회, 다변적인 사회, 복잡 미묘하고 숨 가쁘게
시곗바늘이 헐떡이며 돌아가는, 오늘과 내일이 시시각각 옷을
갈아입는 사회입니다. 이런 구조적인 사회에서 살아가자니 때
론 한숨이 새어 나오고 숨이 턱까지 차올라 비명 지르기 일 초

전까지 이르기도 합니다. 이러한 사회의 구조는 시간이 흐르면 흐를수록 더욱 다양하게 변화를 꾀할 것이고, 그 변화의 흐름에 발 빠르게 적응하자니 미루어 짐작하건대 거기에서 오는 스트레스와 심리적 위축감이 날로 더할 것은 뻔한 일입니다. 그 발 빠른 변화에 그런대로 따라가는 사람들은 그나마 변화의 리듬을 탄다는 자기만의 자긍심이나 일종의 성취감도 있겠으나 그렇지 못한 사람들이 받는 스트레스와 위축감은 상상을 초월할 만큼 심각할 수도 있습니다. 이러다 내가 도태되는 것은 아닐까, 나의 설 자리는 더는 없는 것이 아닐까, 라는 몸부림에 젖어 삶을 비관할 수도 있습니다.

뉴스를 장식하는 많은 비보가 그것을 잘 말해주고 있습니다. 자살함으로써 자신의 존재를 영원히 잊게 하려는 그 슬프도록 처절한 행위는 국민 모두를 슬프게 합니다.

하지만 그것만이 최고의 선택은 아닙니다. 그런 마음이 들땐 억압된 감정을 풀고 새로운 에너지를 자신의 가슴에 꼭꼭 채울 수 있는 위안이 필요합니다. 그 방법은 여러 가지가 있겠으나 침묵沈默 속에서 평안平安을 구하는 것입니다. 침묵 속에 고요히 자신의 몸과 마음을 누이고 묵상하다 보면 자신의 몸과 마음 구석구석까지 붙어 있는 짜증과 스트레스, 불안감과 초조가 서서히 사라지게 됨을 느낄 수 있습니다. 처음에는 산

만하고 뒤숭숭한 마음에 오히려 마음이 편치 않을 수도 있습니다. 그러나 꾹 참고 자기 자신과 대화를 하다 보면 어느샌가 고요해지는 평안함을 맛볼 수 있습니다.

기도. 기도란 종교인들만 하는 것은 아닙니다. 비종교인들도 얼마든지 할 수 있는, 마음을 비워내고 더러워진 마음을 씻어내는 행위입니다.

기도할 땐 솔직해야 합니다. 한 치의 거짓이나 변명이 없어야 합니다. 마음껏 자신의 잘못을 뉘우치고 힐책하며 자신의 오욕에 물든 마음을 씻어내야 합니다. 그리고 평안함에 익숙해지도록 맑은 생각, 곧은 생각, 또한 자신이 바라는 것들을 어린아이의 마음으로 빌어야 합니다. 그러한 반복된 행위 속에 몸과 마음을 스스로 조율할 힘이 생겨나는 것입니다.

이는 침묵 속에서 마음을 다스리는 경험 소유자들의 공통된 생각입니다. 때론 술이 위안이 될 수도 있고, 오락이나 취미 생활이 위안이 될 수도 있습니다. 그러나 근본적인 것은 되지 못합니다. 침묵 속에 평안해지는 자신의 시간을 갖기 바랍니다. 꿈결처럼 아득하고 고요한 시간에는 묵묵히 자신을 돌아보고, 시간의 그림자를 따라 기도하고, 마음을 침묵 속에 누이고 고요함에 젖다 보면 지혜로운 눈빛이 되고 그 눈빛 속엔 꿈이 찾아들게 됩니다. 침묵 속의 평안함, 그 침묵의 평안함으로 걸어가 보세요. 마음이 훨씬 가벼워질 겁니다.

Victory belongs to the most persevering.

승리는 가장 끈기있는 자에게 돌아간다.

나폴레옹 보나파르트 Napoleon Bonaparte

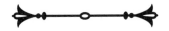

매이지 말고
내려놓기

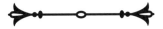

지금껏 살아오면서 가장 힘든 것 중 하나가 내려놓는 일입니다. 마음에서 욕망을 내려놓고, 미움을 내려놓고, 시기심을 내려놓고, 부와 명예욕을 내려놓고, 권력을 내려놓는다는 것은 목숨을 바꿀 만큼 힘든 일입니다.

그 이유는 이 모든 것들은 남보다 내가 더 많이 갖고, 더 높이 오르고, 더 이름을 떨치고 싶은 마음 때문입니다. 많고 적고의 정도 차이는 있지만 사람이라면 누구에게나 이런 마음이 있습니다.

그런데 문제는 이런 마음이 강할수록 잘못될 확률이 높다는 것입니다. 우리는 그것을 누누이 보아오지 않았던가요. 권력에 매여 정도를 벗어나 철창에 갇힌 많은 정치인, 물욕에 매인 사람들, 명예욕에 불살라 베낀 논문으로 망신을 샀던 교수들, 사랑의 욕망을 참지 못하고 사랑하는 이를 불행에 빠지게 하고 자신 또한 불행에 빠진 사람들 등 자신이 매인 것에서 벗어나지 못해 삶을 망친 사람들이 연일 뉴스의 화면을 장식하고, 신문의 지면을 더럽힙니다.

말뚝에 매인
염소의 울음이 뜨겁다.

매인다는 것은
스스로가 스스로를 결박하는 것

그것이 사랑이든, 물질이든, 명예든
매인다는 것은 스스로를
천길만길 깊은 심옥心獄에
갇히게 하는 자유로운 천형天刑
특히, 사랑에 매인다는 것은

자유로운 영혼을

스스로 강탈하는 순수의 무지^{無知}

이 허망^{虛妄}한 무지와

순수의 무지로부터 나를 벗고 싶다.

_김옥림, 〈매인다는 것〉

나 또한 '매임의 유혹'으로부터 자유롭지 못한 사람입니다. 하지만 이를 잘 알기에 매이지 않으려고 하다가도 나도 모르는 사이 매임으로 점점 다가가는 나 자신을 보게 됩니다. 이럴 때 나는 나 자신을 강하게 질타합니다. 그런 나 자신을 용납할 수 없어 자신에게 분노가 치밀어 오르곤 합니다.

나는 나의 이런 마음을 떨치기 위해 〈매인다는 것은〉이란 시를 쓰게 되었습니다.

매인다는 것은 그것이 사랑이든, 물질이든, 명예든, 권력이든 좋지 않습니다. 매여서 빠져나오지 못하면 불행한 인생으로 전락할 수 있음을 잊어서는 안 될 것입니다.

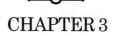

CHAPTER 3

행복은

언제나 자신의

곁에 있다

We can only learn to love by loving.
우리는 오로지 사랑을 함으로써 사랑을 배울 수 있다.

아이리스 머독 Iris Murdoch

언제나 한결같은
변함없는 사랑

괴테는 말하기를 "언제까지나 변하지 않아야만 진정한 사랑이다. 전부를 준다 하더라도, 전부를 거부당한다 하더라도 변하지 않는 것이야말로 진정한 사랑이다."고 했습니다.

세상에는 변해야 할 것과 변하지 말아야 할 것이 있습니다. 변해야 할 것엔 시대의 흐름을 따르지 못하는 낡고 해묵은 관습이나 제도, 새로운 학문이나 이론을 거부하는 학문적 태도, 미적 탐구나 예술적 가치 기준의 시각 차이에서 오는 에고이즘^{Egoism}적 태도, 남자는 하늘이요, 여자는 땅이라는 관념적이고 남성우월주의적인 태도를 들 수가 있습니다. 이러한 일례의 것들은 시대의 변천에 따라 그때그때에 맞게 변해야만 하는 사회적 욕구라고 하겠습니다. 그러나 변하지 말아야 할 것이 있다면 그것은 사랑입니다.

사랑은 인간관계에 있어 가장 아름다운 행위이며 따뜻한 인간미를 느끼게 하는, 인간과 인간을 하나로 묶어주는 –일체감과 관계 맺음– 거룩하고 숭고한 정신입니다.

세상이 시시각각 변화하고, 삶의 환경이 변화하고, 관습과 제도가 급물살처럼 변화하는 시대라 할지라도 사랑에 대한 본질이나 정의는 늘 같아야만 한다고 생각합니다. 좋아하는 감정이나 마음을 교류하는 것은 인간의 근원적인 본성本性에서 오는 것이므로 결코 변할 수 없는 것입니다.

그러나 요즘 세태를 보면 사랑이 지니고 있는 숭고함과 순수성이 한결 엷어지고 가벼워지고 있어 도덕성까지 위협받는 상황입니다. 세계 역사적 관점에서 볼 때 사랑의 숭고성이 무너지고, 도덕성이 위협받을 때, 그 역사는 무너지고 말았던 것입니다. 로마제국이 그랬고, 소돔과 고모라가 그랬으며, 우리의 역사에서도 그랬습니다.

그대와 함께 산길을 걷는 사람이

바로 나이게 하소서

그대와 함께 꽃을 꺾는 사람이
바로 나이게 하소서

그대의 속마음을 털어놓는 사람이
바로 나이게 하소서

그대와 비밀스러운 얘기를 나누는 사람이
바로 나이게 하소서

슬픔에 젖은 그대가 의지하는 사람이
바로 나이게 하소서
행복에 겨운 그대와 함께 미소 짓는 사람이
바로 나이게 하소서

그대가 사랑하는 사람이
바로 나이게 하소서

_수잔 폴리스 슈츠, 〈바로 나이게 하소서〉

나는 이 시를 읽을 때마다 마음이 환하게 열려 옴을 느낍니다. 어두운 마음으로 머리가 무거울 때나 일이 잘 풀리지 않거나 외로울 땐 이 시를 반복해서 읽다 보면 용기가 샘솟듯 솟아오르고, 어두웠던 마음은 어느새 가벼운 마음으로 바뀝니다.

늘 함께 밥을 먹을 수 있는 사람, 같은 잠자리에 들고 아침을 함께 맞는 사람, 좋은 것은 무엇이든 주고 싶은 사람, 슬픈 일이 있을 땐 같이 울고, 기쁜 일이 있으면 함께 기뻐할 수 있는 사람, 함께 산길을 걷고, 비밀스러운 이야기를 함께 나누며, 속마음을 털어놓을 수 있는 사람, 행복한 미소를 언제까지나 함께 지을 수 있는 사람, 그 사람이 내가 사랑하는 사람일 때 행복은 더없이 깊어지는 것입니다. 사랑하는 사람, 그 사람이 있어 삶은 풍요롭고 아름답습니다.

그러나 변하는 사랑은 더는 사랑이 아닙니다. 변하는 순간 신뢰와 믿음이 깨져버리고, 순수성이 파괴되고, 함께 했던 기쁨의 순간까지도 함께 무너져 버리게 되는 것입니다. '언제까지나 변하지 않아야만 진정한 사랑이다,' 라고 한 괴테의 말은 그러기에 더욱 설득력이 있습니다.

변하지 않는 사랑, 그 어떤 유혹과 물질의 욕망 앞에서도 굳건히 움직일 줄 모르는 사랑, 그런 사랑이야말로 참사랑이며 진정한 사랑입니다.

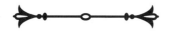

함께 가는
사랑의 길

우리는 함께

우리 자신 속에서 평화를 발견했어요.

행복과 즐거움,

흥분과 희망과 신뢰까지도.

우리는 또한

이제까지 말로써 표현할 수 있었던 것보다

더욱 아름다운 그 무엇인가를 발견했어요.

우리가 함께 찾아 낸 것은 바로

사랑이에요.

_카렌 메디츠, 〈우리가 함께 찾아낸 사랑〉

사랑이란 사랑하는 사람들이 서로 함께 만들 때 더욱 가치가 있고, 신뢰가 쌓이고 그만큼 행복의 부피도 늘어나는 것입니다.

일방적인 사랑은 늘 가슴 아프게 끝나는 경우가 많습니다. 그 까닭은 사랑하는 사람과의 심적心的 교류가 없기 때문입니다. 좋아하는 감정이, 기쁨의 열정이, 서로의 가슴에 물 흐르듯 순환작용이 이루어져야 하는데, 일방적인 사랑은 순환작용이 이루어지지 않기 때문에 늘 쓸쓸하고, 외롭게 끝나버리고 마는 것입니다.

나는 '함께'라는 말을 참 좋아합니다.

우리 함께 밥 먹자, 우리 함께 놀자, 우리 함께 노래 부르자, 우리 함께 여행 가자, 우리 함께 하늘을 바라보자, 우리 함께 웃자 등 우리나 함께 라는 말 속엔 따뜻한 감정이 흐르고 있습니다. 그러기 때문에 함께 하는 것은 참 기분이 좋을 뿐만 아니라, 의지가 되기도 하고, 근심의 무게도 덜 수 있습니다. 그리고 기쁨은 함께 나눌수록 더 큰 기쁨을 줍니다.

사람이 삶을 살아가는 것은 결국은 사랑하는 사람과 인생을 함께 만들어 가는 것입니다. 함께 하는 사랑, 우리에겐 늘 우리와 함께하는 사람이 필요합니다. 그것이 인생의 길이니까요.

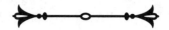

숨기는 것은
사랑이 아니다

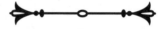

사랑은 우리에게

우리들의 아주 작은 슬픔이나

하찮은 즐거움까지도

서로 이야기하게 하지요

그렇게 서로의 마음속을 터놓을 때

더할 나위 없이 절묘한 친밀감이 생기지요

그것은 사랑의 권리이기도 하고

의무이기도 해요

_빅토르 위고, 〈서로에게 이야기해요〉

사랑이란 감정은 일단 그 사랑에 빠지게 되면 서로가 서로에게 진지해지고, 상대방에게 뭐든지 이야기해 주고 싶고, 또 한편으론 상대방이 내게 뭐든지 이야기해주길 바라게 되지요. 그리고 좋은 것으로 상대방에게 기쁨을 주고 싶어 하고, 부드러운 미소와 눈동자, 단아한 몸짓, 정감이 가는 목소리로 상대방의 마음속에 자신을 깊이 각인시키려고 하지요.

이렇게 되는 것은 자연 발생적 감정입니다. 사랑을 경험해 본 사람들은 누구나 이와 같은 생각을 하고, 실제의 생활에서도 그 생각대로 실행하게 됩니다. 이렇듯 사랑을 하게 되면 나 아닌 상대방에게 기준을 맞추려 하고, 자기 생각과 기준을 절제하고 배려하는 마음에 빠져들게 된답니다. 이것이 사랑의 마음입니다.

또한, 빅토르 위고의 말처럼 작은 슬픔이나 하찮은 즐거움까지도 서로 이야기하는 게 사랑하는 사람들의 마음이지요. 이렇게 될 때 서로에 대한 친밀감은 깊어지고 신뢰하게 된답니다. 그리고 그것은 사랑의 권리이기도 합니다.

숨기지 않는 사랑이야말로 최선의 사랑입니다.

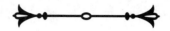

사랑에도
빛깔이 있다

사랑의 고백을 한번 해 보라!

갈색 머리를 가진 사람에게는 마도로스처럼 신선하고 경쾌하게 상대방을 인정해 주고, 금발에게는 감정이 풍부하게 달콤한 말들을 들려주거나, 검은 머리를 가진 사람에게는 몹시 애타는 듯 그러면서도 공손한 말씨를 사용해 보라.

_안톤 슈낙, 〈우리를 행복하게 하는 것들〉

나는 이 글을 읽고 '사랑에도 빛깔이 있다'란 생각을 하게 되었습니다. '사랑의 빛깔'이란 사랑에 따라 그 현상이 각기 다르게 나타나게 되지요. 다시 좀 더 구체적으로 말하자면 사랑의 방법에 따라 그 사랑의 현상이 확연히 드러나게 된답니다.

부드러운 말씨와 몸짓, 은은한 분위기를 좋아하는 사람에겐 그에 맞는 사랑의 방법을 취하면 되고, 약간은 터프하고 정열적인 것을 좋아하는 사람은 그것에 맞게 사랑의 방법을 취하면 되고, 낭만적이고 우아한 것을 좋아하는 사람에겐 고풍적이고 단정한 사랑의 방법을 따르면 되는 것입니다.

그런데 이러한 사랑의 방법을 무시한 채 자기의 주관대로 사랑의 방법을 취한다면 대개가 그런 사람을 원치 않을 것입니다.

사랑에도 지혜가 필요합니다. 그 사람의 성격에 맞게, 분위기에 어울리게 자신을 맞춰가는 지혜가 있을 때 상대방으로부터 만족한 사랑의 해답을 얻게 될 것입니다. 갈색 머리를 가진 사람에게는 마도로스처럼 신선하고 경쾌하게 인정해 주고, 금발을 가진 사람에겐 풍부한 감정으로 달콤한 말을 들려주고, 검은 머리를 가진 사람에게는 애타는 듯 공손한 말씨를 사용해보라는, 안톤 슈낙의 조언은 그래서 더욱 설득력 있는 말이 아닐까, 합니다.

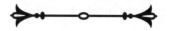

사소한 관심이
큰 행복을 부른다

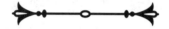

어느 날 나의 아내는 대통령에게 메추라기에 관해서 물어보았다. 그녀는 그것을 한 번도 본 적이 없었다. 그는 그것에 관해서 상세히 설명해 주었다.

얼마 후 우리 집으로 전화가 걸려 왔다. 나의 아내가 전화를 받았다. 그것은 루스벨트에게서 온 전화였다. 지금 그녀의 창문 밖에 메추라기가 있으니 밖으로 내다보면 그것을 볼 수가 있을 것이라는 내용의 전화였다. 사소한 일이었지만 그는 관심을 가져줄 줄 알았다.

그는 우리가 사는 집 근처를 지나갈 때는 늘, 심지어 우리가 보이지 않을 때라도, 우리는 그가 이렇게 부르는 소리를 들었다. "여보게, 애니!" 혹은 "여보게, 제임스!" 그는 지나가면서 그러한 친절의 인사를 했던 것이다.

앞에 글은 미국의 26대, 27대 대통령을 지낸 시어도어 루스벨트^{Theodeor Roosevelt} 의 부하였던 제임스 E. 아모스가 쓴 《부하의 존경을 받았던 영웅 시어도어 루스벨트》라는 책 속에 들어있는 한 대목입니다.

미국의 대통령으로 2선을 지냈던 시어도어 루스벨트는 모든 사람에게 존경받는 방법을 안 사람이었습니다. 그것은 아주 작고 지극히 평범한 것이었습니다. 그러나 너무나 평범했기에 다른 사람들은 잊고 지내기에 십상인 것입니다. 사소한 관심이 바로 그것입니다.

사소한 관심은 그 어떤 큰 관심과 기대보다도 더 사람을 감동하게 합니다. 왜냐하면, 사람 대부분은 사소한 일은 너무 사소한 까닭에 가치가 없다고 여깁니다. 그러나 사실은 그 반대입니다. 작은 일에 관심을 두게 되면 그 관심의 대상자는 이렇게 생각하게 되지요 '아니, 그런 일까지 기억해 주다니.' 혹은 '어쩌면 그렇게도 자상할까' 하고 말입니다.

이러한 작은 관심은 친절한 마음의 표상이기도 합니다. 작은 일에 관심을 기울이는 사람들 대개는 매우 친절하다는 공통점이 있습니다. 친절한 말, 친절한 행위는 세심하고 깊은 관심 속에서만이 우러나오는 것입니다. 루스벨트가 대통령으로서 미국 국민의 존경을 한 몸에 받았고, 지금까지도 존경받는 이유는 바로 사소한 관심에서 우러난 친절이었던 것입니다. 그의 이러한 행위는 부하뿐만 아니라 그들의 가족들에게까지도 큰 감동을 주었던 것입니다.

이 글에서도 이야기했듯이 부하의 아내가 질문한 사소한 일에도 답변을 들려주었던 루스벨트 대통령의 친절은 잔잔한 감동을 주기에 조금도 부족함이 없습니다.

사랑과 평화, 이 사랑과 평화는 상대방이나 상대 국가에 대해 지극한 관심을 가져줄 때 비로소 싹트게 되고, 지속해서 유지되는 것입니다. 우리 사회가 좀 더 유기적인 관계 속에서 발전하고, 더 나은 내일을 맞기 위해선 사소한 일에도 관심을 보이고, 친절을 베풀어야 합니다. 그것만이 우리가 모두 행복할 수 있고, 그 행복을 추구할 수 있는 첩경입니다.

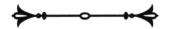

가장 아름답고
위대한 선물, 사랑

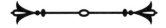

사랑은

우리가 서로에게 줄 수 있는

가장 위대한 것

왜냐하면

그 무엇도

사랑을 대신할 수 없지만

사랑은 다른 모든 것을 대신할 수 있는

놀라운 선물이기 때문에.

_M. 켄달, 〈사랑은 모든 것을 대신 할 수 있는 놀라운 선물〉

사랑은 인간의 삶에 있어서 신이 준 가장 위대한 선물입니다. 사랑은 관용이며, 배려이며, 이해의 선물이며, 넉넉한 마음이며, 모든 것을 포용하고 수용하는 '마음의 빛'입니다. 이러한 사랑을 빛이 되게도 할 수 있고, 암흑이 되게도 할 수 있는데, 그것은 오직 인간의 마음에 달려 있습니다. 사랑을 빛이 되게 하기 위해서는 밝고 고운 마음으로 사랑하는 사람들을 받아들이고, 그들의 얘기에 귀를 기울여야 합니다.

사람은 누구나 자신에게 관심을 가져주고 자신의 얘기를 진지하게 들어 주는 사람에게 호감을 느끼게 되지요. 그러나 건성건성 얘기를 듣거나 관심을 둔다고 여기지 않게 될 땐 그들의 관계 속엔 암흑의 순간이 찾아오게 된답니다. 이는 사랑이란 관심 속에서 더욱 빛을 발하는 까닭입니다.

M. 켄달이 이 시에서 얘기했듯이 사랑이란 다른 모든 것을 대신 할 만큼 가치가 있고, 놀라운 선물입니다. 그러기에 그 무엇도 사랑을 대신 할 수 없는 것입니다.

사랑, 그 사랑의 부피가 작아지지 않도록 우리는 노력해야 합니다. 사랑의 부피가 작아진다는 것은 나와 너의 관계가 소원해지고, 그것이 지속하다 보면 참담한 결과에 이르게 됩니다.

그러나 사랑의 부피가 크면 클수록 나와 너의 관계는 더욱더 밀착하게 되고, 넘쳐나는 친밀감으로 행복의 동산에서 기뿜을 만끽하게 되는 삶을 살 수 있는 것입니다.

사랑, 사랑은 인간에게 있어 영원으로 가는 수단이며, 그 결과의 목적입니다.

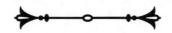

내 사랑의
청지기

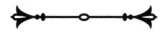

내 그대 사랑의

청지기가 되겠어요.

산지기가 산을 지키듯

내 사랑의 이름으로

그대 사랑을 지키고 어루만지는

사랑의 청지기가 되겠어요.

그대 두려워 마십시오.

그대 내 사랑을 믿어도 좋습니다.

내 그대의 사랑이 아프지 않도록

내 사랑을 모아 그대에게 드리겠어요.

_김옥림, 〈사랑의 청지기 중〉

뒤파유는 "진정한 사랑의 불가결의 조건은 희생적인 헌신, 남의 행복을 내 것인 양 추구하는 것이다."라고 말했습니다. 사랑의 완전한 의미를 함축적이고 명료하게 밝힌 이 말은 누구에게나 공감을 주리라 믿습니다.

참사랑이란 받는 것이 아니라 내가 가지고 있는 사랑을 내가 끔찍이도 사랑하는 사람에게 주는 것입니다. 그래서 유치환 시인은 사랑은 받는 것보다 주는 것이 더 행복하다고 그의 시에서 말하고 있습니다.

청지기가 무엇입니까? 양반집에서 살며 그 집안의 일을 맡아보는 하인이지요. 그러면 사랑의 청지기란 무엇이겠는지요. 바로 자신의 사랑의 대상에 대해 모든 것을 맡기고, 그 사랑을 위해 하인처럼 되겠다는 것이 아닙니까. 요즘 이런 사람이 과연 얼마나 될까요. 곰곰이 생각하고 또 생각해 봐도 명쾌한 답이 나올 것 같지 않군요. 왜냐하면, 요즘은 사랑도 조건을 따져가며 하기 때문입니다.

그런데 문제는 여러 조건 중 물질이 가장 큰 비중을 갖는 데 있다고 하겠습니다. 모든 것이 돈에 의해 좌지우지되고 보니 가난한 사람은 사랑도 맘 놓고 할 수 없는 시대입니다. 이는 올바른 사랑이 아닙니다. 사랑한다면 당신의 사랑에 당신의 사랑을 맘껏 퍼 주십시오. 사랑은 샘물 같아서 퍼주면 퍼줄수록 더욱 끊임없이 솟아오릅니다. 그것이 사랑의 방정식입니다. 내가 사랑을 줄 땐 잃는 것 같아도 그 사랑이 내게 되돌아올 땐 내가 준 사랑의 몇 배의 사랑이 손을 흔들며 찾아올 것입니다.

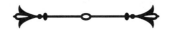

사랑은 가끔씩
확인해 볼 필요가 있다

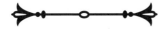

사랑은

가끔씩은 확인해 볼

필요가 있습니다.

계기판을 통해

자동차의 상태를 살피듯

사랑하는 이의

그 푸른 가슴엔

나를 향해 열려 있는

그 사랑의 무게가 그 얼마인지를

달아 볼 필요가 있습니다.

그래서

무게가 가벼우면

사랑의 깊이를 더해주고

무게가 무거우면

사랑의 금메달을 달아주어야 합니다.

사랑은 가끔씩

점검해 볼 필요가 있습니다.

사랑의 병이 들면

둘의 가슴이 파랗게

멍이 들기 때문입니다.

_김옥림, 〈사랑은 가끔씩〉

당신은 당신이 사랑하는 사람의 당신에 대한 사랑을 백 퍼센트 믿습니까? 이런 질문에 그렇다고 대답할 사람이 과연 얼마나 될까 궁금해지는 것은 무슨 연유일까요. 사랑이란 믿음의 또 다른 말이라고 할 수 있는데 상대방에 대한 믿음이 깊을수록 그 사랑은 더욱 견고해지지만, 그 반대로 믿음이 얕을수록 그 사랑은 약해질 수밖에 없습니다.

그런데 자신의 사랑이 사랑하는 사람에게 백 퍼센트 확신이 있느냐고 묻거나 자신이 사랑하는 사람이 자기 자신에 대한 사랑을 백 퍼센트 믿느냐고 한다면 과연 얼마나 많은 수치가 나올지 궁금해지는 건 당연한 일이겠지요. 그러나 백 퍼센트 사랑을 믿는다는 것은 어찌 보면 무모한 욕심일 수밖에 없습니다.

사람이란 서로 다른 환경에서 자라고 또한 성격이 맞지 않는 까닭에 언제나 분쟁을 일으키고 그로 인한 아픔을 겪게 되는 소지가 많은 법이지요. 그런데 순도 백 퍼센트의 사랑을 논한다는 것은 이치에 맞지 않지요.

사람은 가끔 다투기도 하고, 외로워도 보고, 아픔도 겪어봐야 사랑의 참맛을 알게 되는 것입니다. 너무 쉬운 것은 고루하고 지루하여 삶의 깊은 의미를 느낄 수 없습니다. 그래서 사랑은 가끔 확인해 볼 필요가 있는 것입니다.

내 사랑이 부족하다 싶으면 사랑의 깊이를 더 해 주고, 작은 사랑에도 감동하는 모습을 사랑하는 이에게 보여줌으로써 자신의 사랑이 변함없음을 확인시켜줄 필요가 있습니다. 그래야만 당신의 사랑은 불을 환히 밝히고, 당신과 당신이 사랑하는 이의 삶을 부드럽고 편안하게 감싸 줄 것입니다.

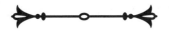

주어도 받아도
늘 목마른 사랑

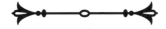

영국의 시인이자 극작가인 로버트 브라우닝은 "사랑은 최선의 것이다"라고 말했고, 러시아 소설가 막심고리키는 "사랑은 산을 골짜기로 변화시킨다."라고 했습니다. 또 작가인 글래드스턴은 "재산도 지위도 사랑에 비하면 쓰레기와 같다"라고 했으며, 러시아 단편소설의 대가인 작가 안톤 체호프는 "사랑할 수 있다는 것은 모든 것을 행할 수 있다는 것이다."라고 말했습니다.

이러한 것을 보더라도 '사랑'의 힘은 실로 대단한 것이며,

그 존재 가치는 물질의 부피로는 결코 논할 수 없고, 지위와 권세로도 가늠할 수 없을 만큼 크고 위대하다는 것을 알 수 있습니다.

삶의 본질은 사람답게 사는 것, 행복하게 사는 것이지만 이 모두를 충족시켜 줄 수 있는 것은 역시 사랑입니다. 그런데 사랑이란 것은 한도 없고 끝도 없어, 주어도 늘 주고 싶고, 받아도 늘 받고 싶은 것이랍니다. 이치가 이러할진대 어떤 이들은 어찌하여 사랑을 하찮은 감상의 그림자 따위로 헐뜯을 수 있겠는지요.

사랑은 감상이 아닙니다. 사랑은 인간의 삶의 본질이며 근원입니다. 사랑을 비웃고 업신여기며 고고한 척 구는 사람처럼 비위를 상하게 하는 사람은 없습니다.

사랑하십시오. 맘껏 당신의 사랑을 사랑하는 이에게 쏟아 주십시오. 흔들어서 차고 넘치도록 채워 주십시오. 그 사랑이 당신을 더욱 행복하게 할 테니까요.

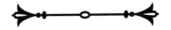

삶을 변화시키는
사랑의 힘

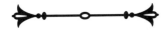

너를 보면

순한 양이 되고 싶다.

네가 하라는 대로

그 무엇이라 할지라도

너를 위해 주저함 없이 따르고 싶다.

늘 가까이에서 너를

만날 수 있다는 그 기쁨에 사로잡혀

네가 즐거워하는 일이라면

네가 사랑하는 일이라면

나의 길을 선택하고 싶다.

너를 보면

작은 일이라도 소중히 여기게 되고

상처 입은 일들까지도

다 어루만져 주고 싶다.

늘 변함없는 저 하늘의

푸른 눈동자처럼

너를 보면

거짓 없는 마음이 되어

순진무구한 어린아이가 되고 싶다.

오늘도 너를 보면서

내 가슴속에 새긴 것은

하늘의 그림자로 남고 싶다는

그 소망의 이름이고 싶다.

_김옥림, 〈너를 보면〉

당신은 당신이 사랑하는 사람을 보면 어떤 기분이 드나요? 모든 일을 긍정적으로 생각하고, 작은 일에도 감사하게 되고, 소중히 여기게 되던가요?

아마 그럴 겁니다. 자신이 그런 생각을 잊어서 그렇지 누구나 긍정적인 마음을 갖게 되고, 작은 일까지도 소중하게 생각할 겁니다.

나 또한 세상이 달라 보였으니까요. 상처 입은 일들도 다 잊고 싶었고, 내게 아픔을 준 사람도 용서하고 싶었습니다. 그리고 원망스러운 일도 속상했던 일도 어느새 새벽안개처럼 사라지고 산뜻하고 해맑은 마음이 내 가슴속에 가득 차올라 모든 게 긍정적이고, 이상적이고, 또 때론 낭만적이기까지 했습니다. 마치 순진무구한 어린아이의 순백한 마음이 된 것 같았습니다.

사랑하는 사람은 인생을 맑게 살아가게 하는 절대적인 힘인가 봅니다. 할 수 없을 것만 같았던 일들도 사랑하는 사람을 위해서라면 할 수 있다는 생각으로 바뀌어 시도하는 것을 보면 말입니다.

사랑하는 사람을 놓치지 마십시오. 사랑하는 사람을 위해 최선을 다하면 그 사랑은 당신을 푸른 초장으로 이끌어 주어 당신을 가장 행복한 사람으로 만들어 줄 것입니다.

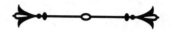

사랑하는 이를 위한
절대적인 사랑

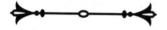

너의 노래는 숨죽인

내 생명의 뜨거운 피

너의 노래는

차디찬 내 사랑의 고고한 불빛

너의 노래는

얼어붙은 대지를 뚫고 솟는

삼월의 정열

너의 노래는
오월의 태양처럼
눈부신 은총이다.

목숨처럼 소중하고
사랑처럼 위대한
너의 노래여,

사계절 끝도 없이
흐르고 흘러
너의 노래는 강물 되어라.
바다 되어라.
눈부신 생의 근원이 되어라.

_김옥림, 〈너의 노래〉

"당신이 있어 나는 정말 행복합니다. 당신을 만난 이후로
내 삶의 빈터엔 희망의 빛이 가득합니다. 당신을 만나기를 정
말 잘했습니다."

라는 고백을 들을 수 있는 사랑이란 그 얼마나 눈부시고 숨이 막히도록 행복할까, 하고 생각해 본 적이 있습니다.

당신은 어떠했나요? 당신도 이런 감정에 젖어 본적이 있습니까? 사랑하는 이에게 이런 찬사를 받을 수 있는 사람은 과연 얼마나 될까요?

"너의 노래는 숨죽인 내 생명의 피, 너의 노래는 차디찬 내 사랑의 고고한 불빛, 너의 노래는 얼어붙은 대지를 뚫고 솟는 삼월의 정열, 너의 노래는 오월의 태양처럼 눈부신 은총이다."

사랑하는 이에게 이와 같은 고백을 들을 수 있다면 나는 오늘 죽어도 좋겠다는 생각을 해 본 적도 있습니다.

당신 또한 나와 같은 생각일 것입니다. 아니, 사람이라면 누구나 다 같은 생각일 것입니다.

이런 사랑을 하고, 이런 사랑을 받을 수 있다면 그것은 최고의 축복이 아닐까 합니다.

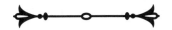

메마른 세상
사랑만이 희망이다

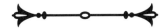

힘겨운

세상일수록

사랑만이

희망일 때가 있습니다.

새들은

하늘에 검은 먹구름이

드리울수록

더욱 세차게 날갯짓하며 비상한다는 것을

잊지 마십시오.

꽃들은

날이 어두워질수록

마지막 안간힘을 다하여

세상을 향해 고개 든다는 사실을

잊지 마십시오.

나무들은

그 생명을 마쳤어도

하늘을 향해 곧게

제 모습을 지키며 서 있다는 사실을

우린 정말로 잊지 말아야 하겠습니다.

죽어서도

의연히 서 있는 나무들처럼

마지막 순간에도

최선을 다해 고개 들어 하늘을 보는 꽃들처럼

먹구름이 내려앉을수록

더 높이 비상하는 새들처럼

삶을 사랑하고
사람을 사랑함에
최선을 다하며 살아갑시다.

사랑만이
우리에게 진정한 희망일 때가 있습니다.

_V. 드보라, 〈사랑만이 희망이다〉

이 세상에서 가장 아름다운 말 사랑.

'사랑'이란 말은 아무리 들어도 싫증이 나지 않습니다. 사
랑이란 말은 하면 할수록 기분이 좋아지고 행복한 마음을 갖
게 합니다. 그래서 아무리 칠흑 같은 상황에 놓여 있어도 사랑
한다는 말을 듣게 되면 용기를 갖게 되고 희망을 품게 됩니다.

지금은 전반적으로 힘겨운 현실입니다. 힘겨운 현실일수록
사랑은 필요한 것입니다. 이럴 때일수록 사랑하는 사람들에게
"나는 너를 사랑해, 너를 보고 있으면 나는 너무 행복해. 우리
사랑하는 마음을 잃지 말자"라고 말해 보세요. 사랑한다는 말
한마디에 세상은 아름답게 보이고 먹구름 같은 근심은 사라지

게 될 것입니다.

'사랑만이 희망이다.'

너무나 멋진 말입니다.

당신의 가슴 속에 꼭꼭 담아 놓아두기 바랍니다. 이 말이
당신이 어려움 속에 놓이게 될 때 당신을 지켜 줄 것입니다.

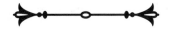

사랑만을 위한
눈부신 사랑

사랑이 그대들을 부르면 그를 따르라.

비록 그 길이 험하고 가파를지라도.

사랑의 날개가 그대들을 감싸 안을 땐 그에게 굴복하라.

비록 사랑의 날개 속에 감쳐진 칼이 그대들에게

상처를 줄지라도

사랑이 그대들에게 말할 땐 그 말을 믿으라.

사랑은 사랑 외에는 아무것도 주지 않으며,

사랑 외에는 아무것도 구하지 않는 것.

사랑은 소유하지도, 소유 당할 수도 없는 것.

사랑은 다만 사랑으로 충분할 뿐이다.

_칼릴 지브란, 〈사랑에 대하여 중〉

사람 중에는 사랑을 할 때도 산술적 계산에 빠지는 사람들이 있습니다.

내가 너에게 사랑을 주었으니 너 또한 내가 준 사랑만큼 그 사랑을 달라고 말합니다. 그리고 꼭 조건을 붙이는 사람도 있습니다. 내가 이렇게 저렇게 해줄 테니 너 또한 이렇게 저렇게 해달라고 말입니다.

사랑은 그런 게 아닙니다. 사랑은 사랑만 생각할 때 더욱 아름다워지는 것입니다. 이런 사실을 잊고 조건을 붙이거나 계산적인 사랑을 할 때 그것은 더는 사랑일 수 없습니다.

그것은 사랑을 가장한 추잡하고 치졸한 거래일뿐입니다.

사랑에 대해 칼릴 지브란이 그의 시에서 표현했듯 '사랑은 다만 사랑만으로 충분'합니다. 사랑만을 위한 사랑이야말로 진정한 사랑이니까요.

당신은 진실로 사랑만을 위한 눈부신 사랑의 주인공이 되십시오.

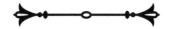

행복은 언제나
자신의 곁에 있다

산 너머 저쪽 하늘 멀리

행복이 있다고 말들 하기에

아아! 남들과 무리 지어 찾아갔다가

눈물을 머금고 되돌아 왔네.

산 너머 저쪽 더 멀리에는

행복이 산다고들 말하지만…….

_칼 붓세, 〈산 너머 저쪽〉

189

이는 독일의 시인 칼 붓세Karl Busse의 시 〈산 너머 저쪽〉입니다. 일반적인 시라기보다는 잠언풍의 시라는 게 더 잘 어울리는 시지요.

사람들은 행복이 자기로부터 가까이 있다는 사실을 잊고 삽니다. 그 행복의 대상은 사랑하는 가족, 사랑하는 사람, 가르침을 주는 선생님, 늘 만나는 친구들, 직장 동료들, 이웃들이지요.

그런데 늘 행복은 저 멀리에 있다고 생각하고 무지개를 좇아갈 궁리만 합니다. 대개 그럴듯한 것들은 함정을 숨기고 있고, 지나고 나면 허망한데도 오직 그것들만이 전부인 양 목숨을 걸고 매달립니다. 그러나 남는 것은 한숨과 눈물일 때가 많습니다.

행복은 자기로부터 가까이 있다고 믿으며 살아야 합니다. 멀리 있다고 믿는 행복은 당신을 슬프게 할지도 모릅니다. 그리고 당신을 곤경에 빠뜨리게 할지도 모릅니다. 이런 생각을 버릴 때 당신은 행복의 환상에서 자유로워질 수 있게 될 것입니다.

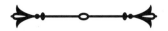

험한 세상에
다리가 되어

당신이 의기소침해 하거나
당신의 눈동자에 눈물 고일 때
당신의 눈물 닦아주고 당신 곁에 있으리라.

고난이 몰아쳐 찾는 친구 없을 때
거센 물살 건너는 다리처럼
나를 바치리라.
낯선 곳에서 향수에 젖을 때나

고통의 밤이 찾아오면

당신을 편안케 해주리라.

땅거미가 지고 고통의 밤이 오면

험한 세상 건너는 다리처럼

나를 희생하리라.

노를 저어라, 계속 저어가라.

곧 빛이 비추리라.

당신의 꿈이 이루어지리라.

자, 저 빛을 보라.

빛이 필요하다면

난 곧장 노 저어 가리라.

험한 세상 건너는 다리처럼

당신의 마음을 안정시키리라.

당신의 마음을 편안케 하리라.

_S.A 갈푼켈, 〈험한 세상의 다리가 되어〉

한 세상을 살아가는 동안 사람들은 수없이 많은 난관에 봉
착되거나 고통과 외로움 속에 한없이 절망할 때가 있습니다.

이럴 때 나의 고통과 아픔을 함께해 줄 수 있는 가족이나 친구, 사랑하는 사람이 있다면 고통과 아픔을 이겨낼 수 있을 뿐만 아니라 삶의 새로운 가치관까지 느끼게 되는 희열을 맛보게 될 것입니다.

미국 남성 2인조 듀오 사이먼 앤 가펑클Simon And Garfunkel,이 부른 '험한 세상에 다리가 되어'라는 노래가 있는데 이 노래는 많은 사람에게 사랑을 받았고, 또한 불렸습니다. 곡조가 부드럽고 잔잔하지만, 노랫말 속에 담긴 가사 내용은 사랑하는 이에 대한 열정적인 사랑과 굳은 의지가 듣는 사람들의 가슴을 감동으로 물들이기에 손색이 없습니다.

나의 사랑과 수고로 사랑하는 이가 어려움을 만나도 그 어려움 이겨낼 수 있다면 이보다 값진 사랑이 어디 또 있을까요. 상상해 보십시오. 이러한 사랑은 상상만으로도 가슴을 뭉클하게 만들고 풍요롭게 만듭니다.

사랑하는 사람들이 힘들어 고통스러워 할 때 험한 세상에 다리가 되어주십시오. 그것은 진실한 사랑의 징표가 되어 당신이 사랑하는 사람들과 당신을 더욱 행복하게 할 것입니다.

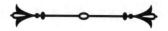

나의 영원한 사랑
당신을 사랑합니다

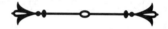

당신을 사랑하기에 밤에 나는

그토록 설레며 당신께 가서 속삭였지요.

당신이 나를 영원히 잊지 못하도록

당신의 마음을 따 왔었지요.

당신 마음은 나와 함께 있으니

좋든 싫든 오로지 내 것이랍니다.

설레며 불타오르는 내 사랑에서

어떤 천사라도 그대를 앗아가진 못해요

_헤르만 헤세, 〈나는 당신을 사랑하기에〉

그의 작품을 읽어보면 왠지 모를 따스하고 정겨운 감정에
사로잡히곤 합니다.

'글은 그 사람 자신이다'라고 프랑스 박물학자 뷔퐁^{Buffon}이
말했는데, 헤르만 헤세의 글은 그러한 그의 마음에서 나온 것
이기에 정감 어린 마음을 갖게 하리라 여겨집니다.

사랑하는 사람이 내 곁에 있다는 것처럼 행복한 일이 어디
또 있을까요. 온종일 아니 몇 날 며칠을 아무것도 먹지 못해도
사랑하는 사람만 옆에 있다면 배고픔 따윈 아무런 문제도 되
지 않습니다. 사랑하는 사람은 나에게 있어 새로운 생명력의
원천이며, 삶의 희망이며, 그 어떤 상황에서도 구원의 등불이
되는 존재입니다.

헤르만 헤세의 〈나는 당신을 사랑하기에〉는 소품^{小品}의 시
지만 이 짧은 시에는 사랑의 상관관계가 쉬우면서 간결한 언
어로 잘 함축되어 있습니다. 사랑이란 말, 그리고 사랑하는 사
람은 두고두고 말해도 싫증 나지 않는 너무도 인간적인, 그래
서 더욱 사람들을 감동에 젖게 하나 봅니다.

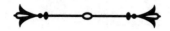

침묵하는 사랑
그러나 깊은 사랑

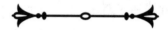

말없이 사랑하여라.

내가 한 것처럼

아무 말 말고

자주 겉으로 드러나지 않게

조용히 사랑하여라.

사랑이 깊고 참된 것이 되도록

말없이 사랑하여라.

아무도 모르게 숨어서 봉사하고

눈에 드러나지 않게

좋은 일을 하여라.

그리고

침묵하는 법을 배워라.

_J. 갈로, 〈사랑의 기도〉

사랑과 봉사!

말은 쉬워도 실천하기가 그리 쉽지만은 않은 것이기에 보통 사람들로선 할 수 없는 것이라고 자신에게 말하곤 합니다. 그래서 아무나 할 수 없는 일이라고 여겨 사랑과 봉사를 즐겨 하는 사람들을 보면 달리 보이기까지 합니다.

그런데 이런 사람 중 어떤 사람들은 자신이 한 일을 침소봉대針小棒大하여 떠벌리는 사람이 있는가 하면, 오른손이 하는 일을 왼손이 모르게 하는 사람들도 있습니다. 자신이 한 일을 드러내고 싶어 하는 것은 그만큼 자신을 과시하고자 하거나 반사이익을 얻으려는 의도된 책략이라고 할 수 있습니다. 이러한 사랑이나 봉사는 계획적일 수 있는 것이므로 크게 삼가야 옳을 것입니다.

J. 갈로는 그의 시에서 말없이 사랑하고, 겉으로 드러나지 않게 사랑하고, 숨어서 봉사하고, 눈에 드러나지 않게 좋은 일

을 하라고 말합니다. 그리고 침묵하는 법을 배우라고 말합니다. 가슴에 담아두고 깊이 새기면 좋겠습니다.

침묵하는 사랑, 그러기에 침묵하며 행하는 사랑이 더 아름답고 깊은 것이 아닐까요.

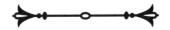

모든 것은
하나로부터 시작된다

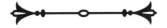

사람들은 무슨 일을 시작할 때 목표를 세운답시고 크고 거창하게 하려는 습성이 있습니다. 물론 이것을 잘못된 생각이라고 지적하고 싶은 마음은 없습니다. 그러나 처음부터 너무 과욕을 부리거나 의욕을 앞세우다 보면 일을 그르칠 수도 있고, 자신감을 잃고 헤맬 수도 있습니다. 이런 일들은 사람들 사이에선 흔히 보이는 일들입니다. 이에 대해 잔잔하고 나직한 목소리로 깊은 울림을 주는 글을 소개합니다.

나의 임무가 대중을 돌보는 것이라고

생각해 본 적은 전혀 없답니다.

난 한 번에 한 사람밖에 사랑할 줄 모릅니다.

난 한 번에 한 사람밖에 거둘 줄 모릅니다.

단 한 사람, 한 사람, 한 사람……

당신도 내가 하듯 그렇게 한번 시작해 보세요.

난 단 한 사람만 인도합니다.

그렇지 않았다면 4만 2천 명의 사람을 인도하지 못했을 거예요.

내가 한 모든 일은 바다에 물 한 방울을 보탠 것에 지나지 않아요.

그렇지만 내가 물 한 방울을 보태지 않는다면

바다는 물 한 방울이 줄어 있겠죠.

당신 자신, 당신의 가정, 당신이 다니는 교회도 마찬가지입니다.

단 하나, 하나에서 시작하세요.

_마더 테레사, 〈수녀의 말〉

마더 테레사 수녀는 사람들이 흔히 갖는 이런 보편적 심리를 성찰하고, 자신이 하는 일이 가난하고 소외당하고 병든 자들을 돌보는 대중적인 일이었음에도, 자신은 한 개인을 돌보았다고 말합니다.

또한, 많은 사람을 사랑하고 거두면서도 한 번에 한 사람만 사랑하고, 한 사람만 거둔다고 겸손히 말합니다. 그러면서 그녀는 말하기를 모든 것은 단 하나, 그 하나에서 시작하라고 합니다. 욕망에 사로잡힌 현대인들에게 외치는 부드럽지만 강한 외침 같은 이 말을 우리는 기억할 필요가 있습니다.

모든 것은 하나로부터 시작됩니다. 인생도, 바다도, 사랑도, 그리고 그 무엇도 다 하나로부터 시작되는 것이랍니다.

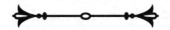

아름다운 인연
아름다운 사랑

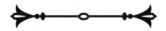

"주부님들이 문예창작을 하게 된 동기나 이유가 무엇입니까?"

그때 그 장애인 주부가 가장 먼저 손을 들고 대답했습니다.

"제가 글쓰기에 관심을 두게 된 것은, 첫째는 남편을 위해서고, 둘째는 저 자신을 위해서입니다."

"그러시군요. 자, 그 이유를 말씀해주시겠습니까?"

"네. 저…… 제 남편도 저처럼 장애인입니다. 그런데 남편은 자신의 처지 때문에 매사에 자신감을 가지지 못합니다. 그래서 우리 같은 장애인도 마음먹으면 무슨 일이든지 할 수 있다는 자신감을 보여주고 싶어서…… 그래서 글쓰기가 어려운 공부라는 것을 알면서도 이렇게 나오게 됐습니다. 그리고 저 자신의 한계에 도전해 보고 싶기도 했고요. 사실 전 어렸을 때부터 글 쓰는 것을 무척 좋아했습니다. 앞으로 열심히 노력하겠습니다."

그녀의 목소리는 비록 낮았지만, 그 속에는 결연한 의지가 담겨 있었습니다.

"아주 감동적인 말씀을 해주셔서 감사합니다. 사람들은 대개 자신이 해본 적이 없거나 어떤 일이 자기와 무관하다고 생각하면 아예 해보려고도 하지 않습니다. 그런데 남편에게 자신감을 심어주기 위해서, 또 자신의 신체적 결함을 극복하기 위해서 어려운 글쓰기 공부를 하게 됐다는 저 주부님의 말씀은 그 무엇보다도 의미 있고 감동적인 이야기입니다. 앞으로 좋은 결과가 있기를 바랍니다."

나는 그녀의 이야기를 듣고 이렇게 말해주었습니다. 그때 그 자리에 있던 수강생들도 너나없이 큰 박수로 그녀를 격려해 주었습니다. 이는 나의 에세이 〈행복은 사랑으로 온다〉 중의 일부입니다.

아주 오래전 문예창작을 강의할 때 있었던 일을 나는 지금도 생생하게 기억합니다. 수강생 중에 신체장애를 가진 여성이 있었습니다. 그녀의 남편 역시 장애인이었습니다만 그녀는 그런 남편을 부끄러워하지 않고 아주 자랑스럽게 생각했습니다. 대개의 사람은 부끄럽게 생각한 나머지 감추기에 급급해하겠지만, 그녀는 전혀 그렇지 않았습니다.

그녀는 자신이 문예창작을 공부하게 된 이유를 매사에 자신감을 갖지 못하는 남편에게 자신들과 같은 장애인들도 무슨 일이든지 할 수 있다는 자신감을 보여주기 위해서고, 또 하나의 이유는 자신의 한계에 도전해 보고 싶어서라고 말했습니다. 참으로 자신감 넘치는 말이 아닐 수 없습니다.

그녀의 말이 끝나자 수강생들은 힘찬 박수를 보내주었습니다. 나는 그녀의 행복해하는 모습에서 깊은 행복과 신뢰를 느꼈습니다.

어렵고 힘든 자신의 상황을 자신감으로 극복하려는 그녀의 환한 얼굴은 지금도 내 가슴엔 한 송이 꽃처럼 피어 있습니다.

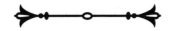

하나 된 사랑
함께 하는 그 길

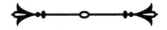

나는 항상

당신의 이해 곁에 있습니다.

나는 항상

당신의 기쁨과 슬픔

대화와 미래에 대한 계획 속에 있습니다.

만약 우리가 함께 있지 못한다 할지라도

나는 항상 이곳에

당신과의 사랑 속에

함께 있다는 것을
기억해주십시오.

_수잔 폴리스 슈츠, 〈당신 곁에〉

사랑이 아름다운 것은 사랑은 거짓을 말하지 않기 때문입니다. 또한, 사랑하는 이를 이해하려 하기 때문이며, 자신보다도 사랑하는 이를 먼저 생각하고 배려하기 때문입니다.

우리가 이런 사실을 잊지 않고 실천으로 옮길 수 있다면 얼마나 좋을까요. 사람과 사람 사이에서 벌어지는 갈등과 번민은 이런 사실을 잊는 순간 독버섯처럼 고개를 치켜들고 사람과 사람 사이를 갈라놓는 것입니다.

이러한 아픈 사랑을 겪지 않으려면 늘 사랑하는 이의 생각 속에서도 자신을 깊이 각인시키는 노력이 필요하고, 그런 모습을 사랑하는 이에게 보여 주어야 합니다. 그렇게 될 때 하나된 사랑은 더욱 당신과 당신이 사랑하는 이를 행복한 길로 인도할 것입니다.

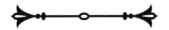

당신은
나의 모든 것

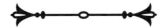

내 삶의 중심의 자리엔

언제나 당신이 함께합니다.

당신이 있어 가진 것 없는

나의 가난한 삶은 늘 풍요롭습니다.

밤하늘이 아름다운 건

수많은 별들이

사이좋은 공존을 하기 때문입니다.

당신과 나 사이에도

향기로운 마음의 꽃들이

늘 아름다운 공존을 합니다.

당신이 내 곁에 존재하는 그 이유만으로도

나는 새로운 힘을 얻고,

끊임없는 창의력과 넉넉한 마음을 배워갑니다.

내 인생에 있어 당신은

그 무엇보다 우선하며,

목적인 동시에 기쁨의 강물입니다.

지금 이 순간도 당신은

그 무엇보다 평화로우며,

한 편의 간결한 시처럼 정갈합니다.

내가 당신을 사랑하는 건

당신은 내 인생의 주인인 동시에

나의 모든 것을 소유하기 때문입니다.

_김옥림, 〈당신은 나의 모든 것〉

사랑하는 사람이 곁에 있다는 것은 크나큰 축복이며 은혜로운 일입니다. 사랑이란 세상에서 가장 숭고한 행위이며, 기쁨이며, 삶의 본질이기 때문입니다. 그런데 이런 숭고하고 기쁨이 되고 삶의 본질이 되는 사랑하는 사람이 삶을 함께한다면 그것처럼 행복한 일이 어디 또 있을까요. 그리고 사랑하는 사람에게 "당신이 있어 나는 너무 행복합니다.", "당신이 내 곁에 존재하므로 나는 새 힘을 얻습니다.", "당신은 내 인생의 주인이며 나의 모든 것을 소유합니다."라는 고백을 들을 수 있다면 그 얼마나 값지고 보람 있는 일인가요.

사랑은 그래서 아름다운 것이고, 사랑은 그래서 더욱 빛나는 보석입니다. 당신 역시 이런 사랑을 원하겠지요?

그리고 "당신은 나의 모든 것이야"라는 말을 당신이 사랑하는 이에게 날마다 듣기를 원하겠지요? 그럼 먼저 당신이 사랑하는 사람에게 이렇게 말하십시오.

"당신은 나의 모든 것이야"라고 말입니다.

CHAPTER 4

참 좋은

인생으로

나를 사는 법

A person who trusts no one can't be trusted.
아무도 신뢰하지 않는 자는 누구의 신뢰도 받지 못한다.

제롬 블래트너 Jerome Blattner

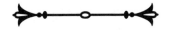

가슴을 뛰게 하는
아름다운 헌신

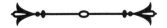

〈티파니에서 아침을〉, 〈전쟁과 평화〉, 〈로마의 휴일〉 등 수 많은 영화에서 열연을 펼치며 세기의 연인으로 사랑받은 오드리 헵번^{Audrey Hepburn}. 그녀는 벨기에 출생의 영국 배우로 깜찍하고 귀여운 미모에 매혹적인 눈과 그녀만의 허스키한 목소리, 그리고 백합화를 닮은 청순한 이미지와 연약함은 많은 팬에게 깊은 인상을 주어 그 어떤 여배우에도 뒤지지 않는 사랑받는 배우였습니다. 그녀의 이미지는 너무 강해 지금도 깊이 각인되어 있습니다. 그녀는 〈티파니에서 아침을〉을 통해 유명해졌으며 〈로마의 휴일〉에서의 열연으로 아카데미 여우주연상을 받았지요. 이 외에도 골든 그로브상, 에미상, 그래미상을 받았습니다.

오드리 헵번은 1999년 미국영화연구소가 선정한 '지난 100년 동안 가장 위대한 인물 100명의 스타' 여성배우 목록에서 3위에 오르기도 했습니다.

오드리 헵번의 삶이 아름답고 고귀한 것은 그녀가 영화배우로서 이룬 업적이 아닙니다. 그녀가 영화배우의 직을 내려놓고 나서 행한 행보에 있습니다. 그녀는 유니세프 홍보대사로 활동하며 아프리카, 아시아, 남미 등지에서 헌신적으로 자신의 후반부 인생을 보냈습니다. 더구나 암에 걸린 상황에서도 그녀는 헌신을 멈추지 않았고 자신의 목숨이 다할 때까지 자신의 인생에 헌신하였지요.

오드리 헵번이 화려한 은막의 세기적인 배우로서 헐벗고 굶주린 어린이들을 위해 헌신할 수 있었던 것은 생명의 존엄성을 누구보다도 잘 알았기 때문입니다. 만일 그렇지 않다면 화려함에 물든 그녀가 최악의 환경 속에서 그것도 암에 걸린 환자로서 자신을 헌신적으로 살지 못했을 것입니다.

그녀가 많은 사람에게 기억되고 존경받는 것은 세계 영화사에 두고두고 남을 명배우로서 이기도 하지만, 사랑과 헌신으로 봉사활동에 그녀의 마지막 인생을 아낌없이 바쳤기 때문이지요.

아름다운 입술을 갖고 싶으면 친절한 말을 하라. 사랑스러운 눈을 갖고 싶으면 사람들에게서 좋은 점을 보아라. 날씬한 몸매를 갖고 싶으면 너의 음식을 배고픈 사람과 나누어라. 아름다운 머리카락을 갖고 싶으면 하루에 한 번 어린이가 손가락으로 너의 머리를 쓰다듬게 하라. 아름다운 자세를 갖고 싶다면 결코 너 혼자 걷고 있지 않음을 명심하라. 사람들은 상처로부터 복구되어야 하며, 맑은 것으로부터 새로워 져야 하고, 병으로부터 회복돼야 하고, 무지함으로부터 교화되어야 하며, 고통으로부터 구원받고 또 구원받아야 한다. 결코, 누구도 버려서는 안 된다. 기억하라. 만약 도움의 손이 필요하다면 너의 팔 끝에 있는 손을 이용하면 된다. 네가 더 나이가 들면 손이 두 개라는 걸 발견하게 된다. 한 손은 너 자신을 돕는 손이고, 다른 한 손은 다른 사람을 돕는 손이다.

이는 오드리 헵번이 숨을 거두기 일 년 전 크리스마스 전날 아들에게 당부한 말입니다. 이 말에서 보면 타인을 생각하고 자신의 것을 아낌없이 나누는 그녀의 인도주의 정신이 잘 나타나 있습니다. 그녀는 이런 생각을 가졌기에 병에 걸려서도 자신의 목숨처럼 헌신할 수 있었던 것입니다.

같은 인생을 살면서도 누구는 자신 이외에 사람들을 위해 헌신하는 사람이 있는가 하면, 자신의 유익을 위해 수단과 방법을 가리지 않는 비열하고 치졸한 사람도 있습니다. 한 번뿐인 인생입니다. 이 한 번뿐인 인생을 멋지고 의미 있게 사는 인생이 되어야겠습니다.

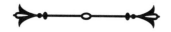

언제나
한결같은 사람

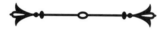

언제나 말과 행동이 같은 사람이 있습니다. 이런 사람은 자신의 유익에 따라 말과 행동을 바꾸지 않습니다. 설령 그것이 자신에게 불리하게 작용한다고 해도 있는 그대로 말하고 행동합니다.

그런데 어떤 사람은 때와 장소에 따라 말과 행동이 시시각각 변하는 것을 볼 수 있는데 그것은 모두 자신의 유익을 위해서지요. 그래서 이런 사람은 없던 일도 있었던 것처럼 꾸미고, 작은 것도 최대한 부풀려 자신에게 유리하게 만듭니다. 그리

고 자신에게 불리한 것은 남에게 뒤집어씌워서라도 회피하려
고 합니다.

똑같이 인간의 모습을 했음에도 어찌 이리도 말과 행동거
지가 다른지요. 그것은 그 사람의 마인드에 따라 달라지는 것
입니다. 사람다운 사람의 길을 가기 위해서는 마음이 늘 푸른
소나무처럼 한결같고, 늘 푸른 대나무처럼 행동거지가 반듯한
사람이 되어야 합니다.

마음이 한결같은
이를 만나고 싶다.
없으면서 있는 체하고,
텅 비었으면서도 가득 찬 체하며,
좁은 소견을 가졌으면서도
넓은 견문을 지닌 양 허세를 부리는 것이
요즘 사람들의 모습이다.
자신의 삶을 있는 그대로 받아들이며
'인생은 이로써 충분하다'고 말하는
한결같은 마음을 지닌
이를 만나기란 쉽지 않다.

_논어

218

이는 《논어》에 나오는 말로 한결같은 사람이 되어야 함을 말하고 있습니다. 있는 그대로를 받아들이고, 있는 그대로를 보여주고, 있는 그대로 말하고 행동하는 사람 이런 사람이 되어야 합니다.

이에 대해 삶의 변화에 따라가려면 어쩔 수 없이 마음이 변하고 말과 행동이 변할 수밖에 없다고 말하는 이들도 있습니다.

물론 삶의 흐름에 따라 변화를 따라가는 것은 지극히 당연한 일입니다. 그러나 그렇다고 해서 마음이 변하고 그에 따라 말과 행동이 달라진다면 이것은 매우 잘못된 일입니다. 삶의 변화는 그것에 맞게 따르되 말과 행동이 한결같은 사람이 되어야 합니다.

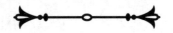

누군가의 생애에
빛이 되는 인생

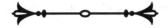

자신만을 위해 사는 사람과 자신과 타인을 위해 사는 사람을 볼 때 과연 어떤 삶이 아름다운 삶이라고 생각이 드는지요? 이에 대해 대개는 자신과 타인을 위해 사는 삶이라고 말할 것입니다. 그렇습니다. 그것이 보람 있는 일이라고 여기기 때문이지요.

힘든 청소 일을 하면서도 폐지를 모아 불우이웃을 위해 꾸준히 후원하는 미화원, 힘들게 번 돈을 익명으로 후원하는 이름을 밝히지 않는 독지가, 때마다 단체로 헌혈하는 우체국 직원들, 사랑의 연탄 은행을 배달하며 즐거워하는 자원봉사자들, 정년퇴임을 하며 자신의 퇴직금을 후학들을 위해 아낌없이 내놓은 노교수, 힘든 근무를 하면서도 휴일이면 색소폰을 들고 육아원으로 양로원으로 연주 봉사를 다니는 경찰관, 정기적으로 시골 어르신들을 찾아가 머리를 깎아주는 미용사들, 매년 김장을 하여 독거노인들에게 배달하는 아파트 부녀회 회원들 여기에 열거한 이들 모두는 비록 그 일이 크고 우뚝하지는 않지만, 누군가에는 빛이 되고 기쁨이 되는 일입니다.

누군가에게 생애
최고의 날을 만들어주는 것은
그리 힘든 일이 아니다.
전화 한 통,
감사의 쪽지,
몇 마디의 칭찬과
격려만으로도 충분하다.

_댄 클라크

이는 영국의 자동차 경주 선수인 댄 클라크가 한 말로 내가 아닌 다른 사람들의 생애에 빛이 되어주는 삶에 대해 말하고 있습니다. 그런데 그 일이 아주 거창하거나 화려하거나 우뚝하지 않습니다. 너무나 쉽고, 아주 소박하고, 마음만 먹으면 언제든지 할 수 있는 일들입니다.

그런데 간과해서는 안 되는 사실은, 그것들이 너무나 단순하고 평이한 일이기 때문입니다. 그런데도 사람들 대개는 매우 크고 거창한 일이라 생각하다 보니 엄두조차 내지 못하는 것입니다.

하지만 감동은 아주 작은 것에서 오는 것입니다. 댄 클라크가 말했듯이 전화 한 통, 감사의 쪽지, 몇 마디 칭찬과 격려 등 마음만 먹으면 당장에라도 얼마든지 할 수 있는 일들입니다.

누군가의 생애에 빛이 되는 인생, 그런 인생이야말로 참 행복하고 복된 인생입니다.

내면의 만족과
기쁨을 얻는 방법

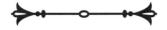

살아가면서 만족과 기쁨을 얻는 방법은 사람에 따라 각기 다를 수 있습니다. 어떤 이들은 물질에서 기쁨을 얻는데 그것은 자신이 원하는 것을 언제든지 구매할 수 있기 때문입니다. 그리고 어떤 이들은 남들이 가지지 못한 것을 자신이 갖고 있을 때 기쁨을 얻는데 그것은 자신만이 가졌다는 뿌듯함 때문이며, 또 다른 어떤 이들은 남보다 더 지위가 오를 때 기쁨을 얻는데 그것은 내가 남보다 더 능력이 뛰어나기 때문이라는 자기 만족감 때문이지요.

그러나 어떤 이들은 타인을 도와주고 힘이 되어줄 때 기쁨을 얻습니다. 이는 내가 아닌 타인의 삶에 자신이 함께했다는 자긍심 때문입니다.

이처럼 내면의 만족과 기쁨을 얻는 게 다 다른 것은 그 사람의 마인드와 삶의 가치관의 차이에서 오는 것이지요.

물질에서 만족을 찾든, 남들이 가지지 못한 것에서 만족을 찾든, 남보다 지위가 오를 때 만족을 찾든 이러한 것을 탓할 수는 없겠지요. 하지만 분명한 것은 자신을 유익 되게 한 것도 좋지만, 자신으로 인해 타인이 기쁨을 갖게 한다는 것은 자신과 타인을 동시에 만족하게 할 수 있는 기쁨의 삶인 것입니다.

사람은 누구나 만족스러운 삶을 꿈꾼다. 어떻게 하면 만족스러운 삶을 살 수 있을까. 만족을 얻는 방법은 여러 가지다. 자신이 원하는 대로 다른 사람을 조종할 수도 있고, 물질적인 것으로 삶을 채울 수도 있다. 하지만 그것은 주위의 한시적 부러움만 살 뿐 진정으로 의미 있고, 즐거운 인생이 되지 않는다.

그렇다면 진정한 내면의 만족과 기쁨을 얻을 방법을 찾아보자. 오래전부터 내려오는 현인들의 격언을 보면 남을 섬기는 삶 속에서 참된 기쁨과 행복을 찾을 수 있다는 공통적인 메시지를 발견할 수 있다. 다른 사람들에게 인정받거나 감사의 말을 듣기 위한 겉치레가 아니라 마음에서 우러나와 다른 사람을 섬겼을 때 진정한 기쁨을 느낄 수 있다는 것이다. 진심으로 사랑을 실천할 방법을 찾아라. 크고 거창할 필요는 없다. 작은 것부터 시작하고, 그 행동이 당신의 인생을 어떻게 변화시키는지 지켜보라.

_바바라 골든

바바라 골든의 말은 어떻게 사는 것이 진정 자신을 기쁘게 하고 만족하게 하는지를 잘 알게 합니다.

그렇습니다. 성공적인 삶을 살았던 사람들의 공통점은 자신을 돕듯 남을 도왔다는 것입니다. 그들은 자신만을 위한 삶이 아닌 자신과 타인이 함께할 수 있는 배려와 소통의 삶을 추구했던 것입니다.

함께 웃고 함께 울며 함께 더불어 사는 삶이야말로 내면의 만족과 기쁨을 얻을 수 있는 최선의 삶인 것입니다.

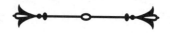

유쾌한 것의
본질에 대하여

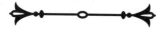

참고 견디는 것이 아니라

자진해서 하는 것

이것이 유쾌한 것의 본질이다.

그러나 사탕이나 과자는 입속에서

녹이기만 하면 맛이 있듯이 많은 사람은

그것과 마찬가지 방법으로

행복을 맛보려다 실패했다.

음악은 듣기만 하고

스스로 노래하지 않으면 별로 재미가 없다.

그래서 어떤 사람들은 음악이 귀가 아닌

목청으로 맛보는 것이라고 말했다.

아름다운 그림도 그 즐거움은

제 손으로 색칠한다든가

수집을 하지 않으면 그다지 재미를 모른다.

그 때문에 인간의 행복은

그저 탐구하고 정복하는 데 있다.

_아리스토텔레스

유쾌하다는 것은 즐겁다는 것이고, 즐겁게 산다는 것은 행복하게 산다는 것을 의미합니다. 그런데 아리스토텔레스가 말하는 유쾌함이란 누가 시켜서가 아닌, 억지로 참고하는 것이 아닌 자신이 스스로 하는 것을 말합니다.

그리고 아리스토텔레스가 말하는 유쾌함은 누가 내게 즐거움을 주는 것이 아니라, 또한 주어지는 것이 아닌 본인이 직접 시도하고 함으로써 즐거움과 재미를 얻는 것을 말합니다.

다시 말해 소극적인 삶이 아닌 적극적인 삶을 살라는 것입니다.

그렇습니다. 아주 적확한 지적이라고 할 수 있습니다. 운동도 보는 것보다 직접 할 때 더 생동감이 넘치고 즐겁습니다. 음악을 듣기보다는 직접 연주하는 것이 더 즐겁고, 노래를 듣는 것보다는 직접 부르는 것이 더욱 즐겁고 신이 나지요.

　수동적인 삶은 큰 기쁨을 주지 못합니다. 언제나 밋밋하고 오늘과 내일이 별반 다르지 않습니다. 그러나 능동적인 삶은 언제나 활기차고 역동적이어서 큰 기쁨을 주고, 성취욕까지 갖게 합니다.

　그렇다면 문제는 간단합니다. 자신이 진정으로 행복하고 유쾌한 삶을 살기를 바란다면 무엇이든 직접 함으로써 즐거움을 느껴보세요. 그것이야말로 자신을 행복하고 복되게 하는 지혜로운 삶이랍니다.

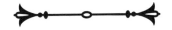

타인을 먼저
생각하는 마음

우리 사회는 공동 사회이자 이익 사회인 양면성을 지닌 복합적인 사회입니다. 그러나 엄밀히 말한다면 이익 사회적인 개념이 훨씬 강한 사회이지요. 이익사회에서는 자신이 먼저이며, 타인은 제삼자에 불과합니다. 그러다 보니 내가 타인보다 모든 것이 월등해야 한다고 생각하지요. 돈도 더 많아야 하고, 집도 더 좋아야 하고, 자동차도 더 좋아야 하고, 옷도 더 멋지고 좋아야 하고, 명품으로 치장하고 남 앞에 나서기를 좋아합니다.

이러한 이익 사회는 개인주의가 우선하다 보니 타인을 먼저 생각한다는 것은 바람에 불과하지요. 내 것을 챙기기도 바쁜데 타인을 생각할 겨를이 어디 있어, 하고 생각합니다. 이것이 현재 우리 사회의 자화상입니다.

살기 좋은 사회, 복되고 행복한 사회를 구현하기 위해서는 자신도 타인도 함께 잘 되어야 합니다. 나는 잘 되었는데 타인이 잘 안 됐다면 그것은 진정으로 잘 된 것이 아닙니다. 내가 잘 됨같이 타인도 잘 되어야 진정으로 잘 된 사회입니다.

타인을 먼저 생각하는 가슴 따뜻한 이야기입니다.

열차가 플랫폼을 막 출발했을 때 일이다. 열차의 발판을 밟고 올라서던 간디는 실수로 한쪽 신발을 땅에 떨어뜨리고 말았다. 열차는 속도가 붙기 시작했으므로 그 신발을 주울 수도 없었다. 옆에 있던 친구가 그만 포기하고 차내로 들어가자고 했다. 그런데 간디는 얼른 한쪽 신발마저 벗어들더니 땅에 떨어진 신발을 향해 던지는 것이었다. 친구가 의아한 표정으로 그 이유를 물었다. 간디는 미소 띤 얼굴로 이렇게 말했다. "누군가 저 신발을 줍는다면 두 쪽이 다 있어야 신을 수 있을 게 아닌가."

_마하마트 간디

간디는 부유한 집안에서 태어나 영국에 유학하고 변호사가 된 당시 인도의 최상류층 가문의 자제였습니다.

그러나 그는 있는 집 사람답지 않게 겸손하고 부드럽고 예의 바른 사람이었습니다. 또한, 가난하고 힘없는 사람들의 마음조차 살피는 넉넉하고 자애로운 마음의 소유자였습니다. 그의 이런 마음을 잘 알게 하는 이 이야기는 그래서 많은 사람에게 감동을 줍니다.

"누군가 저 신발을 줍는다면 두 쪽이 다 있어야 신을 수 있을 게 아닌가."

열차를 타다 실수로 떨어트린 신발, 그리고 나머지 한쪽마저 벗어 던져놓은 간디의 행동은 타인을 생각하는 마음이 없으면 절대로 할 수 없습니다. 그가 훗날 인도의 독립의 아버지가 될 수 있었던 것은 타인을 생각하고 배려하는 그의 따뜻한 인품과 덕망에 있음을 알아야 할 것입니다.

타인을 생각하는 마음, 타인을 자신과 일치시키는 행동을 한다는 것은 어렵지만, 그렇게 살아야 자신의 인생이 잘 사는 지혜입니다.

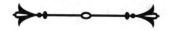

진실을 전하는
유일한 방법

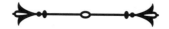

사람과 사람 사이에 진실을 전한다는 것은 매우 중요합니다. 진실이 함께 해야 서로의 관계가 끈끈하게 이어질 수 있기 때문입니다. 서로의 관계가 진실로 하나가 될 때 서로에게 도움을 주기도 하고, 서로의 인생에 큰 의미가 되어주기도 합니다.

그러나 진실이 함께 하지 않으면 서로의 관계는 끊어지게 됩니다. 서로를 불신하고 믿지 못하기 때문이지요. 그래서 인간관계에서는 '진실'이 매우 중요한 것입니다.

진실은 사랑하는 연인이나 부부, 친구, 직장동료, 생산자와 소비자는 물론 인간이 존재하는 사회에서는 필요한 '소통의 진주'입니다. 자신의 진실을 보여주기 위해서는 따뜻한 마음과 사랑, 정직한 말과 행동이 필수입니다.

진실을 전하기 위해서는
두 사람이 필요하다.
하나는 그것을 말하는 사람이며,
또 하나는 그것을 듣는 사람이다.
진실을 전하는 유일한 방법은
사랑을 담아 말하는 것이다.
사랑이 담겨 있는 말만이 호소력을 가진다.
명분만을 앞세운 말은
사람을 불편하게 한다.

_헨리 데이비드 소로

사랑은 진실이란 말과 일맥상통합니다. 그래서 사랑이 담긴 마음은 진실이 담겨있어 상대방을 감동하게 합니다. 그럴듯한 말만 앞세우는 것은 도리어 상대방의 불신을 살 수 있고, 자신의 단점으로 작용하게 됩니다. 상대방에게 자신의 진실을 보여주기 위해서는 '사랑'을 담아 마음을 전하십시오. 그것이 진실을 전하는 최고의 방법입니다.

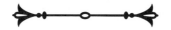

참 좋은 인생으로
나를 사는 법

어느 날 문득 '참 좋은 인생'이란 과연 무엇일까, 라는 생각을 하게 되었습니다. 물론 어떻게 사는 것이 좋은 인생이 되는지에 대해 나름대로 생각은 하지만 그것을 보다 구체적으로 정의를 해보지는 않았습니다.

그러던 중 내 마음이 환하게 열리면서 생각이 샘솟듯 솟아났습니다. 나는 그것을 종이에 옮기기 시작했습니다.

잘 쑤어진 메주콩처럼

푹 익어서 사람 냄새 폴폴 나는
삶이 되어야 한다.

그래서 누군가의
허전한 빈 가슴을 채워주고,
잘 뜬 청국장처럼
누군가의 상처 입은 마음을
보듬어 안을 수 있는
사람 향기 그윽한 삶이어야 한다.

우리는 저마다의 길에서
저마다의 이름과 빛깔과 소리로
저마다 꿈꾸는 그곳을 향해 나아간다.

그 길을 가다 보면 뜻하지 않는 일로
어쩌지 못하고 난감해 할 때
가만가만 손잡아 이끄는
김치처럼 잘 익은 맛있는 삶이어야 한다.

그 누구에게라도 편견 두지 않고,

따뜻한 눈길을 건네고

미소 지으며 성큼성큼 다가가

가슴으로 품어 줄 수 있는 삶이어야 한다.

_김옥림, 〈참 좋은 인생〉

　　나는 무엇보다 참 좋은 인생은 사람 냄새가 나야 한다고 생각했습니다. 잘 쑤어진 구수한 메주콩처럼 사람들 사이에서 향기로운 사람 냄새를 풍겨야 합니다. 그래서 마음 허전해 하는 사람들에게는 허전함을 채워주고, 상처 입은 마음은 보듬어 주고, 인생의 길을 걸어가다 뜻하지 않는 일로 어쩌지 못해 난감해 할 땐 조용히 다가가 손을 잡아 이끌어 주고, 그 누구에게도 편견을 두지 않고, 따뜻한 눈길을 건네고 가슴으로 품어 주어야 합니다.

　　이렇게 행한다는 것은 절대 쉽지 않습니다. 타인을 사랑하고 배려하는 마음이 없이는 절대로 할 수 없는 일입니다. 또한, 너그러운 마음과 인내심이 없이는 할 수 없습니다.

　　이처럼 참 좋은 인생이 된다는 것은 어렵습니다. 그러나 그런데도 우리는 참 좋은 인생이 되어야 합니다. 참 좋은 인생이야말로 사람 냄새 풀풀 나는 사람답게 사는 길이기 때문입니다.

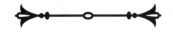

먼 길을 가면서
깨닫게 되는 것들

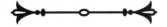

사람의 인생을 여행으로 비유하기도 하고, 먼 길을 간다고 표현하기도 하지요. 그래서 인생을 살다 보면 별의별 일을 다 겪습니다. 인생이란 변화무쌍한 날씨와 같으니까요. 어떤 날은 환한 햇살이다가도 이내 바람이 불고 폭풍우가 내리기도 하고, 어떤 날은 눈보라를 치다가도 반짝반짝 투명한 햇살을 온 누리에 비치기도 합니다.

인생의 묘미는 바로 여기에 있는 것입니다. 희로애락이 없으면 진정한 인생의 소중함을 모르니까요. 그런데 어떤 사람들은 항상 햇살 같은 날만 있었으면 좋겠다고 말합니다. 물론 그럴 수 있습니다.

그러나 이러한 인생은 참된 인생의 가치를 잘 모릅니다. 늘 같기에 그것이 더 고마운 줄도, 더 아쉬운 줄도 모릅니다. 하지만 희로애락의 인생은 인생의 고마움과 참된 인생의 가치에 대해 잘 압니다.

인생은 깨달음의 연속입니다. 깨달음이 없는 인생은 참된 인생이 아닙니다.

먼 길 가다 보면
지친 발걸음 사이로 떨어져
쌓이는 아픔이 있습니다.

사는 것이 맘과 같지 않아
뒤돌아서서 아무도 모르게
눈물짓는 고뇌가 있습니다.

내가 바라고 꿈꾸는 것들이
나의 현실에서 멀어져 가는
그 막막함으로 질식하도록

숨 막혀 방황할 때가 있습니다.

아, 이것이 아니었는데
어쩌다 내 어쩌다
그대를 가슴 시리게 했을까 하는
뼈아픈 후회도 있습니다.

그러나 아파하지 마십시오.
먼 길 가다 보면
내 것도 내 것이 아니고
그 길도 그 길이 아님을
깨닫게 될 것입니다.

—김옥림, 〈먼 길 가다 보면〉

먼 길을 가다 보면 출발하기 전에 생각했던 거와 많이 다르다는 걸 알게 됩니다. 이것이 답인 줄 알았는데 전혀 생각하지 못했던 것이 답이 되기도 합니다. 인생은 그런 것입니다.

오늘은 비록 못 견디게 힘들고 고통스러워도 그것을 견디어 낼 수 있다면 환한 아침 햇살 같은 날을 맞게 됩니다. 또한, 오늘은 아무리 마음이 아프고 괴로워도 시간이 흐르면 즐겁고 신나는 날을 맞게 될 수도 있습니다.

　인생은 긴 여행길입니다. 조급하게 서두르지도 말고, 느긋하게 꾸물거리지도 말며, 그때마다 자신에게 주어진 일에 최선을 다하십시오. 그것이 인생을 지혜롭게 사는 비결이니까요.

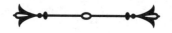

불행을 온전히
극복하는 길

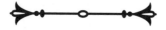

행복과 불행은 누구에게나 찾아오는 인생의 손님입니다. 행복이 반가운 손님이라면 불행은 반갑지 않은 손님이지요. 반가운 손님인 행복만 찾아오면 얼마나 좋을까요. 하지만 그 것은 누구나의 바람일 뿐이지요. 그런데 답은 있습니다. 행복은 자신이 노력하는 만큼 찾아오지요.

그러나 불행은 그렇지 않습니다. 노력해도 찾아오는 게 불행이니까요. 이 또한 답이 있습니다. 불행을 극복하려는 강한 의지가 있다면 충분히 불행을 극복할 수 있습니다.

미국의 조류학자인 존 제임스 오듀본^{John James Audubon}은 여러 해 동안을 숲 속에서 지내면서 귀한 조류 그림을 그렸습니다. 그런데 불행하게도 생쥐가 그림을 모두 갉아먹고 말았습니다. 그 그림은 값으로는 매길 수 없는 귀중한 그림이었습니다.

오듀본은 청천벽력 같은 일로 분노가 일어 한 달이 넘도록 음식도 제대로 못 먹고 끙끙대며 속을 태웠습니다. 그러나 그 것은 자신을 더욱 불행하게 하는 일이라는 것을 깨닫고는 다시 숲으로 들어가 그림을 그렸습니다. 그는 전에 그린 그림보다 더 좋은 그림을 그렸고, 그 그림은 사람들에게 큰 감동을 주며 좋은 평가를 받았습니다.

이런 일들은 누구에게나 일어날 수 있는 일입니다. 그런데 문제는 어떤 이는 이를 극복하고 심기일전한 끝에 성공하는가 하면 어떤 이는 불행의 늪에서 빠져나오지 못하다 결국 불행하게 끝내고 맙니다.

무슨 일이든 그것을
있는 그대로 받아들이는 것이
모든 불행의 결과를
극복하기 위한 첫걸음이다.

_윌리엄 제임스

그리스 고대철학자 소크라테스도 불가피한 일은 그대로 받아들이라고 했습니다. 불가피한 일은 내 의지와 상관없이 생긴 일인데 그것에 매여 끙끙댄다면 그것은 시간 낭비며 자신을 스스로 옭아매는 일입니다.

살다 보면 예고 없이 찾아오는 행과 불행은 내 의지와 힘으로 되는 것이 아닌 만큼 행복은 그대로 받아들이되 불행은 의지와 신념으로 극복한다면 반드시 이겨낼 수 있습니다. 그 어떤 불행도 강인한 의지 앞에는 두 손을 드는 법이니까요. 역사는 그것을 잘 보여주고 있음을 잊지 마십시오.

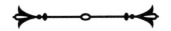

완전한 자유를 얻는 비결

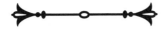

법정은 베스트셀러 《무소유》에서 무엇인가에 마음이 매인 다는 것은 자신을 옥죄는 일이라고 말합니다.

그는 난을 선물로 받아 정성스럽게 키웠습니다. 난은 아주 민감한 식물로 사람의 손을 타지 않으면 단박에 표가 나는 화초입니다. 어느 해 여름 장마가 그친 날 그가 외출을 하였는데 구름에 갇혔던 해가 구름을 비집고 나와 쨍쨍 햇살을 뿌려댔습니다. 법정은 볼일을 보던 중 난을 뜰에 내놓고 나온 것이 생각나 부랴부랴 암자로 돌아와서 보니 아니나 다를까 난은 잎을 축 늘어뜨린 처참한 몰골이 되어 있었습니다. 법정은 물을 뿌려주며 쳐진 난잎이 솟아오르기를 바랐습니다. 다행히 도 난잎은 원래의 모습으로 돌아왔습니다. 그것을 보고 법정 은 생각에 젖습니다. 그리고 그는 집착은 자신을 매이게 한다 는 깨달음을 얻었습니다.

깨달음을 얻은 후 법정은 친구에게 그토록 애지중지하던 난을 주어버립니다. 그리고 나자 매임에서 벗어난 듯 홀가분 한 자유로움에 사로잡힙니다. 그리고 그것을 내용으로 하여 쓴 수필이 바로 〈무소유〉입니다.

욕구를 많이 가질수록
사람은 많은 것에 예속되고 만다.
많은 것에 욕구를 느끼면 느낄수록
점점 더 자신의 자유를
잃어버리는 것이 되기 때문이다.
완전한 자유는 전혀
아무것도 바라지 않을 때 얻을 수 있다.
욕구를 적게 가지면 가질수록
사람은 한층 더 자유롭다.

_조로아스터

진정한 자유를 얻는 방법은 욕구를 적게 가져야 한다고 말합니다. 즉 욕망으로부터 자유로워져야 함을 뜻합니다. 물론 사람이 욕망을 버릴 수야 없겠지요. 그러나 문제는 욕망이 지나치면 자신은 물론 타인에게도 불행을 가져온다는 것입니다. 이는 법정이 수필 〈무소유〉에서 말한 것과 일맥상통한다고 할 수 있습니다.

자신이 진정 자유로움을 느끼며 살고 싶다면 그것이 물질이든, 명예든, 권력이든, 자리이든, 사랑이든, 자식에 대한 바람이든 그것에 대한 지나친 욕망을 내려놓아야 합니다. 그렇게 될 때 비로소 진정으로 자유로워질 수 있으니까요.

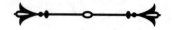

선량함으로
가득 찬 사람

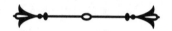

어린아이가

웃는 모습을 보라.

진실로 선량한 기쁨으로

가득 차 있질 않은가.

부패하지 않은 인간은 누구나 그와 같다.

그러나 어떤 사람들은

덮어 놓고 이방인들을 멸시하며

그들을 고통과 공포 속으로 몰아넣는다.

민족과 민족 사이에

이러한 감정을 조장하는 인간은

참으로 가증스러운 범죄자이다.

_**톨스토이**

톨스토이는 《전쟁과 평화》, 《안나 카레니나》, 《부활》 등 말만 들어도 생각을 번쩍이게 하는 명작을 쓴 작가로서만이 아니라 그는 톨스토이즘이란 사상을 만들어 낸 사상가이며 종교가입니다. 대개의 사람은 그가 세계적인 작가라는 사실은 잘 알지만, 그가 가난한 이웃들을 진정으로 사랑한 종교가이며 사상가라는 것은 잘 모르는 것 같습니다.

톨스토이는 러시아의 귀족으로 수많은 땅과 커다란 성을 보유한 대지주였습니다. 하지만 그는 종교를 접한 후 진정한 삶은 나누고 베푸는 거라고 깨닫습니다. 그는 깨우침을 얻은 후 집에서 부리던 많은 노예를 자유롭게 풀어주고 먹을 것과 입을 것을 가난한 자들에게 나누어주었습니다.

그로 인해 아내와 갈등을 겪지만, 그는 끝까지 자신의 신념을 버리지 않고 실천적인 삶을 살았습니다.

톨스토이는 앞글에서 말했듯 어린아이 같은 웃음을 웃을 수 있는 이는 선량한 사람이라고 말했는데 이는 어린아이같이 깨끗한 마음으로 살라는 것을 의미합니다. 또한, 이방인들을 멸시하고 무시하는 행위는 가증스러운 범죄자라고 말합니다.

그렇습니다. 사람은 누구나 평등하며 인격을 지닌 존재입니다. 그런데 이런 인격을 지닌 사람을 함부로 여긴다는 것은 옳지 않습니다.

톨스토이는 러시아의 귀족으로서 위대한 작가로서 남부러울 것이 없었지만, 진정한 행복과 삶의 가치는 선량함을 잃지 않고 사는 것이라고 믿고 평생을 자신의 신념대로 살았던 위대한 인물입니다.

선량함으로 가득 찬 사람, 우리는 그런 사람이 되어야 합니다.

하나님의 대리인
그 이름은 어머니

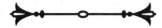

하나님은

어디든지 있을 수 없어

어머니를 만드셨다.

_실러

어머니, 아무리 부르고 불러도 맑은 시냇물 소리같이 투명
하고, 들길을 수놓은 수수하고 소담스러운 들꽃 같은 말, 어
머니. 인간이 만들어 놓은 언어 중 세상에서 가장 아름다운 말

어머니.

좋은 것, 맛있는 것은 가족에게 먼저 주고, 당신은 가족이 남긴 음식을 하나 남김없이 비우고, 해지고 낡은 옷을 입고, 기운 양말을 신어도 아무런 불평 하나 없이 그것까지도 행복으로 받아들이는 사람. 이 세상 모든 고통과 슬픔까지도 모두 끌어안고 다독일 것만 같은 사람. 사소하고 보잘것없는 것까지도 그분의 손길이 닿으면 새롭고 낯선 것처럼 변화되는 능력을 갖춘 사람. 몇 날 며칠을 아파 누우면 뜬눈으로 밤을 지새우며 곁에서 지켜주는 사람. 한 시도 안 보면 그리운 마음에 자꾸만 보고 싶은 사람. 밤하늘 높이 뜬 무수한 별, 그리고 눈부신 보름달처럼 맑고 향기로운 꿈을 주는 사람. 물마를 겨를이 없어 주부습진이 걸려도 아무것도 아닌 양 툭툭 털어버리고 소담스럽게 웃는 사람. 가족들 생각에 늘 마음 졸이며 기도하는 사람. 가족이 기뻐하는 일이라면 그 무엇이라도 해 주고 싶어 골몰하는 사람. 영원한 삶의 스승이자 생명의 근원이 되는 사람. 그 사람은 바로 우리가 어머니라고 부르는 분이십니다.

지각할까 허둥지둥 나가는데
현관 앞에서 불러 세우는 우리 엄마
퉁퉁거리는 나를 붙잡고

한참을 놓아주지 않아요.

외투를 매만지며 툭툭

목도리를 다시 여며주며 툭툭

장갑 낀 손도 쓸어보며 툭툭

바지 단 밑 신발 끈까지 잡아보며 툭툭

잠시 뒤로 한 걸음 물러나

빠르게 내 몸을 쭈-욱 살피더니

마지막으로 내 엉덩이를 툭툭

그제야 출발신호 받은 말처럼 풀려났어요.

학교로 달려가는 내내

쌩쌩 바람이

외투와 목도리를 벗기려 괴롭혀도

난 조금도 춥지 않았어요.

그제야 알았어요.

툭툭, 엄마 손길이 닿은 곳마다

엄마는 오래도록 식지 않는

손난로를 붙여놓았다는 걸요.

_김정수, 〈엄마 마음〉

이 동시에는 한없이 따뜻하고 자애로운 어머니의 모습이 잘 나타나 있습니다. 학교에 가는 아이가 추울까 봐 현관 앞에 불러 세워 외투와 목도리, 장갑 낀 손과 신발 끈까지 어루만지는 어머니의 행위는 사랑 그 자체입니다. 아이는 이런 어머니의 마음도 모른 체 툴툴대지만, 학교에 가서야 비로소 깨닫습니다. 어머니가 오래도록 식지 않은 손난로를 자신의 몸 구석구석 붙여놓았다는 걸.

김정수 작가는 두 아이의 어머니입니다. 그녀는 어머니로서 자신의 경험을 놓치지 않고 세심하고 정감 어린 시의 말로 살려 잘 녹여냄으로써 신춘문예 당선의 영광을 안을 수 있었습니다.

어머니의 사랑은 이 세상 그 무엇으로도 대신할 수 없을 만큼 깊고 높습니다. 그래서 실러는 어머니를 하나님께서 자신의 대리인으로 만드셨다고 했던 것입니다.

그렇습니다. 어머니는 하나님의 사랑을 가장 많이 닮은 존재입니다. 어머니의 깊은 사랑을 언제나 가슴 깊이 새겨야 하겠습니다.

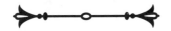

아버지 그 깊고도
높은 그 이름

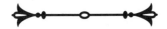

쨍쨍 내리쬐는 햇살 아래

나무들이 제 키 자랑을 하는

여름이 되면

나무 아버지이시던 아버지는

우리의 아버지로 돌아오셨다.

가을, 겨울, 봄

핏줄 같은 나무를 지키느라

255

아버지는

우리들 마음에

산만큼 커지는 그리움을 못 본 척하셨다.

어쩌다 내리는 비나 눈과 함께

다녀가시는 아버지는

엄마는 못 사주는

달콤한 과자를 안겨주시는

낯선 손님 같았다.

어느 해 초여름

아버지와 함께 갔던 국립공원의

빨간 꽃, 노란 꽃

활짝 피운 초록 나무에서

자식들을 키우듯

사랑의 손길로 다독였을

자랑스러운 아버지를 보았다.

늘

나무를 사랑하여

그 나무를 가꾸고 지키느라

골병이 드신 아버지는

너무 일찍

나무 곁에 누우셨다.

여름이 가고

또 새 여름이 와도

아버지는 돌아오시지 않았다.

사계절 내내 나무가 되신 아버지.

_정가람, 〈나무 아버지〉

　정가람 작가의 아버지는 산림공무원이었습니다. 직무상 집
보다 산에서 보내는 시간이 더 많았습니다. 정가람 작가와 형
제들은 어린 시절 아버지와 함께 즐거운 시간을 갖는다는 것
은 하나의 꿈이었습니다.

　그녀의 아버지는 자식들과 함께하며 아버지의 사랑을 주고
싶어도 그렇게 할 수 없어 참 안타까웠을 것입니다. 어느 아버
지인들 자식들과 떨어져 살기를 바랄까요.

　정가람 작가는 자신의 시에서 표현했듯 그녀의 아버지는

어쩌다 내리는 비나 눈과 함께 집에 다녀가셨고, 미안한 마음에 엄마는 못 사주는 달콤한 과자를 안겨주는 낯선 손님 같았습니다.

그런데 그런 아버지가 애석하게도 오래 살지 못하고 너무 일찍 세상을 떠나 사계절 내내 나무가 되었습니다.

아버지는 가정의 경제를 책임지는 가장으로서 자신에게 주어진 일은 그 무엇이라 할지라도 해야만 하는 것입니다. 그래야 자식들을 먹이고 입히고 가르쳐 한 사람의 인격체로 길러낼 수 있기 때문이지요.

그런데 자식들은 그런 아버지의 마음을 잘 모릅니다. 자신이 원하는 것을 하지 못하면 불평불만을 일삼고, 아버지 가슴에 상처를 남깁니다. 그래도 아버지는 내색조차 안 합니다. 그 또한 자식에게 아픔이 된다고 생각하기 때문이지요.

아버지는 집을 단단히 받치고 선 대들보 같은 분입니다. 그렇기에 어떤 어려움과 시련이 따르더라도 다 참아 낼 수 있는 것입니다.

자신의 아버지가 좋은 직업을 갖지 못했어도, 돈을 많이 못 벌어도, 지위가 낮아도 창피해 하거나 부끄러워하지 마세요. 아버지가 자신 곁에 있다는 것만으로도 감사하세요.

아버지는 말 없는 사랑입니다. 가슴에 자식을 품어 안고 머나먼 인생길을 가는 달팽이와 같은 존재입니다.

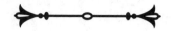

맑고 고운 서정은
참마음이다

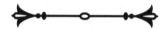

물새가 시를 쓴다.

물결의 파아란 건반을 누르며

아침 바다의

반짝반짝 빛나는

꽃잎을 물어

아직

아무도 밟지 않은

하얀 모래 위에

물새는

이쁜 발로 시를 쓴다.

_김진광, 〈물새〉

시인의 눈은 맑고 투명해야 합니다. 그래야만 좋은 상상력을 통해 따뜻하고 정감 있는 시어를 찾아낼 수 있고, 또한 예리한 관찰력으로 사물의 이치와 인간의 내면 깊숙이 자리하고 있는 삶의 통찰을 발견하여 깨우침을 줄 수 있습니다.

김진광 시인은 〈물새〉라는 동시를 통해 보통사람들이 발견할 수 없는 놀라운 상상력으로 독자들을 순수의 세계로 이끌어내고 있습니다. 물새가 시를 쓴다는 상상력은 아무나 할 수 없는 일이기에 이 동시가 주는 순수의 세계는 눈이 부시도록 아름답습니다. 파란 바다 물결의 반짝거림을 꽃잎으로 대비시키는 솜씨 또한 일품입니다. 나는 김진광 시인이 시적 능력이 뛰어나기에 이런 동시를 쓸 수 있다고 생각합니다.

하얀 백사장이 펼쳐진 바닷가, 그리고 햇빛에 반짝이는 바다 물결, 그 위를 날아오르는 정겨운 새들의 날갯짓은 상상만으로도 정감 어린 모습이 아닌지요. 마치 눈앞에 그림 같은 바다가 있는 듯하지요.

우리는 자주는 아니더라도 가끔은 해맑은 시에 마음을 놓아두고 행복한 동심으로 돌아가 현실에서는 볼 수 없는 순수한 인간 본연의 참모습을 들여다보는 즐거움을 느낄 필요가 있습니다. 그래야 인간의 본질을 잃지 않고 인간답게 살아갈 수 있기 때문입니다.

시를 읽으십시오. 시는 마음을 맑게 정화하는 영혼의 생수입니다.

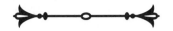

사람을
가르치는 교육

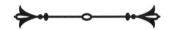

생각할 시간을 가지라.

기도할 시간을 가지라.

웃는 시간을 가지라.

그것은 힘의 원천이다.

그것은 세상에서 가장 큰 힘이다.

그것은 영혼의 음악이다.

놀 시간을 가지라.

사랑하고 사랑받는 시간을 가지라.

남에게 주는 시간을 가지라.

그것은 영원한 젊음의 비밀이다.

그것은 하느님께서 주신 특권이다.

이기적이 되기에는 하루가 너무 짧다.

책을 읽을 시간을 가지라.

다정하게 될 시간을 가지라.

일할 시간을 가지라.

그것은 지혜의 원천이다.

그것은 행복에 이르는 길이다.

그것은 성공의 대가다.

자선할 시간을 가지라.

그것은 하느님 나라에 이르는 길이다.

_인도 콜거타 어린이집 표지판

요즘 어린이들이나 중·고등학생들을 보면 너무 측은해 눈물이 나곤 합니다. 맘껏 뛰어놀지도 못하고 자신만의 시간도 갖지 못한 채 잘 짜인 틀에 맞춰 살아야만 하는, 그 현실을 따를 수밖에 없는 그들의 처지가 너무도 가엾습니다. 이 모든 틀은 기성세대들이 그들을 위한다는 그럴듯한 명분을 내세워 만들어 놓은 것들이기에 나 또한 기성세대로서 반성과 자책을 금할 수 없습니다.

생각할 시간을 가져라, 기도할 시간을 가져라, 웃는 시간을 가져라, 놀 시간을 가져라, 책을 읽을 시간을 가져라, 자선할 시간을 가져라.

나는 이 글을 읽고 넘쳐나는 생동감에 감동하지 않을 수 없었음을 고백합니다. 이것이야말로 참다운 인간교육이다, 라는 생각에 머리가 숙어지고 숙연한 마음이 들었습니다.

이러한 교육은 욕심을 조금 덜 내면 얼마든지 가능한 일입니다. 욕망이란 더러운 생각을 마음속에서 몰아낸다면 얼마든지 할 수 있는 일인데 그것을 하지 못해 참으로 안타깝습니다.

점수 따기 공부, 경쟁을 부추기는 교육이 아닌 사람됨을 가르치는 교육이야말로 진정한 교육이며 살아있는 교육입니다.

나의 또 다른 나
참다운 친구

어려움을 당했을 때 비로소 참다운 친구를 알게 된다.

_마르쿠스 툴리우스 키케로

세상을 살아가면서 가족 외에 친분을 두터이 쌓고 가족처럼 지낼 수 있는 존재가 바로 친구입니다.

친구는 부모 형제에게 하지 못하는 말도 아무 거리낌 없이 할 수 있고, 흉허물없이 지낼 수 있는 존재이기도 합니다. 그러나 이런 친구라 할지라도 서로에 대한 신의와 예의는 지킬

줄 알아야 합니다. 아무리 친한 사이라 할지라도 말입니다.

신라 시대 화랑도 세속오계를 보면 교우이신交友以信이라는 말이 있고, 삼강오륜의 오륜을 보면 붕우유신朋友有信이란 말이 있는데, 이는 친구를 사귈 땐 믿음으로 사귀어야 한다는 말입니다.

믿음처럼 인간관계에 있어 소중한 것은 없습니다. 그러나 이 믿음이 깨어지면 끈끈한 친구의 우정도 금이 가고 그것으로 친구의 관계는 무참히 끊어지고 맙니다.

또한, 아무리 소중한 친구 관계에서도 어려운 일을 겪어보면 참다운 친구인지 그렇지 않은 지가 확연히 갈리는 것을 종종 볼 수 있습니다. 있을 땐 좋은 친구요, 없고 곤란한 일에 처할 땐 나 몰라라 하는 친구는 더 이상의 친구가 아닙니다. 그런 친구는 가까이하지 않는 것이 좋습니다. 이런 사람은 손자삼우損者三友와 같은 해를 끼치는 친구로 절대로 금해야 합니다.

그런데 정직하고, 성실하고, 학식이 높은 사람은 익자삼우益者三友로 반드시 사귀어야 할 친구입니다. 이런 친구는 늘 푸른 소나무 같은 친구로서, 조선 시대에 백사 이항복과 한음 이덕형과 같은 친구, 영국의 윈스턴 처칠과 알렉산더 플레밍 같은 친구로서 이러한 친구야말로 참다운 친구입니다.

CHAPTER 5

지금은

내 인생에 가장

소중한 순간

People fail forward to success.
실패하는 것은 곧 성공으로 한 발짝 더 나아가는 것이다.

●

메리 케이 애쉬 Mary Kay Ash

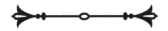

위대한 사람이
되는 비결

인간은 누구나가 위대한 사람이 되고 싶은 욕망에 사로잡혀 있다고 탁월한 정신 분석학자인 프로이트는 말했습니다. 한 번뿐인 인생을 멋지고 의미 있게 살고 싶은 것은 인간의 본능이니까요.

하지만 위대한 사람을 누구나 꿈꾸지만, 누구나 되는 것은 아닙니다. 위대한 사람은 그럴만한 가치 있는 일을 이뤄냈을 때만 될 수 있는 아주 숭고하고 거룩한 일입니다.

그런데 사람 중엔 꿈만 크게 가졌지 자신이 어떻게 해야 그

꿈을 이룰지에 대해서는 심도 있게 생각하고 실행하지는 않는 것 같습니다. 그냥 행운처럼 따라온다고 여기는 듯합니다. 이는 자신을 모독하는 일이며 앞서 살았던 위대한 사람들에 대한 결례입니다. 그들이 본다면 참으로 한심하고 어처구니없는 일이라 여길 게 빤합니다.

위대한 사람은
단번에 그와 같이 높은 곳에
뛰어오른 것이 아니다.
동반자들이 밤에 단잠을 잘 적에
그는 일어나서 괴로움을 이기고
일에 몰두했던 것이다.
인생은 자고 쉬는 데 있는 것이 아니라,
한 걸음 한 걸음 걸어가는 속에 있다.
성공의 일순간은
실패의 쓴맛을 보상해 준다.

_로버트 브라우닝

로버트 브라우닝은 바이런과 셸리의 영향을 받아 시인이 되었는데 그는 알프레드 테니슨과 더불어 빅토리아왕조시대를 대표하는 시인입니다. 그의 시의 특징은 인간의 정열에 대해, 극적으로 노래한 것입니다. 그는 자신의 말대로 자신의 시를 위해, 인생을 위해 노력을 아끼지 않았던 사람입니다. 그의 주요작품으로는 《남과 여》, 《반지와 책》외 다수가 있습니다. 그의 아내인 엘리자베스 브라우닝 또한 시인으로서 부부 시인으로도 유명합니다.

모든 위대한 삶은 위대한 가치를 획득했을 때에만 이룰 수 있고, 그 삶을 이뤘을 때 위대한 사람으로 칭송받는 것입니다. 지금 죽을 만치 힘들어도 자신에게 주어진 삶에 감사하고 최선을 다하십시오. 삶은 자신에게 최선을 다하는 사람을 결코 그대로 두지 않습니다. 반드시 그에 따른 보상을 해주는 것이 삶의 법칙이랍니다.

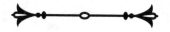

인생이란 사막은
단숨에 갈 수 없다

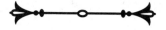

인생이란 때론 끝이 보이지 않은 사막을 걷는 것과 같습니다. 미래란 앞이 보이지 않은 그 길을 향해 즐거우나 괴로우나 햇살이 쨍쨍 비추거나 비가 오나 눈이 오나 바람이 부나 날마다 그 길을 가야 하기 때문입니다. 그 길은 내가 가고 싶다고 가고 내가 안 가고 싶다고 안 가는 길이 아닌, 살아 있는 동안은 좋아도 싫어도 가야 하는 숙명의 길이 인생입니다.

요즘 청춘들을 보면 마음이 아파 가끔 눈물이 날 때가 있습니다. 힘들게 돈 들여 공부하고도 취업이 안 돼 하루하루를 고통스럽게 살아가는 모습이 그렇게도 애처로울 수 없습니다. 그러다 보니 정도가 지나쳐 정체성의 혼돈에 시달리기도 합니다. 삶 자체에 환멸을 느끼기도 하고, 자신을 잉여인간처럼 여기며 삶을 비통해하곤 합니다.

그러나 이런 중에도 두 주먹을 불끈 쥐고 신발이 다 닳도록 발이 부르트도록 뛰어다니며 미래를 개척하는 청춘들도 있습니다. 가만히 있으면 그 어떤 것도 자신에게 주어지는 것이 없음을 잘 아는 까닭이지요. 안 될 때 안 되더라도 해볼 때까진 해보겠다며 투지를 불사르는 것인데 그 투지가 너무도 가상하여 제발 잘 되었으면 하고 기도도 해주고 응원을 보내며 파이팅을 외치곤 합니다.

현시대를 한마디로 말한다면 '풍요 속의 빈곤'이라는 표현이 옳을 듯합니다. 외형적으로는 풍족해 보이지만 그것은 가진 자들의 몫이고 내면적으로는 빈곤에 찌들어 금방이라도 아사 직전까지 이르는 이들이 많습니다. 그렇지만 이런 현실을 스스로 해결하지 않으면 안 됩니다. 국가가 해주겠지, 하고 믿을 수도 없습니다. 그러니까 내가 하지 않으면 아무도 대신 해주지 않는다는 것입니다. 냉정히 말해 미치도록 힘들어도 죽을 각오로 그 무엇이라도 해야 합니다. 하다 보면 새로운 길을 발견할 수 있고, 그 길이 새 길이 되어줄 수도 있습니다.

걸음을 멈추지 않는다. 가까스로 여기까지 왔구나, 안심하며 뒤를 돌아보지도 않는다. 앞으로 앞으로 나아갈 뿐이다. 뒤에 아무도 없다고, 친구나 동료가 보이지 않는다고, 홀로 남았다고 겁먹지 않는다. 그렇기에 당신은 여기까지 올 수 있었다. 다만 아직 도달한 것은 아니다. 아직 끝나지 않았다. 더 나아가라. 지난날 누구도 디딘 적 없는 그 길을 걸어라. 사막은 아직도 넓기만 하다.

_프리드리히 니체

이 말의 의미는 스스로 멈추면 더는 앞으로 나갈 수 없지만, 내 인생이 아직 끝나지 않았다고 밀고 나아가면 충분히 갈 수 있고 이왕이면 힘들어도 남들이 가지 않은 길을 가면 더 좋겠다는 것입니다. 왜냐하면, 건너야 할 사막은 아직 넓기 때문이라는 것이지요.

그렇습니다. 니체의 말대로 겁먹지 말고 지금까지 왔듯 꾸준히 나아가십시오. 그리고 너무 빨리 그 길을 가려고 서두르지도 마세요. 인생이란 사막은 단숨에 가는 길이 아닙니다. 꾸준히 가는 게 인생이란 사막이니까요.

인생이 침대 위에 누워 있는 것처럼

편해서야 어디 제값을 알 수 있겠는가

때론 달콤하고 씁쓸하고 새콤하고

짭짤하고 맵고 싱겁고

또 때론 고소하고

말랑말랑한 젤리 같고 캔디 같은 것

인생을 낙관적으로만 보지 마라

오만과 편견을 버리고 보라

깨끗하고 맑은 눈으로

때론 지그시 반은 감은 눈으로

겸손하게 그리고 환하게 보라

인생이 냉수 마시듯 쉽다면

그게 어디 인생인가

그늘에도 서 보고 땡볕에도 서 보고

비바람 맞으며 걸어도 보고

비로소 가야 할 길이 무엇인지

어렴풋이 알게 되는 것이 인생인 것을

삶을 서두르지 마라

서둘러서 가는 삶은 쉽게 무너져 내리고

늦었다고 믿는 삶도 아무도 모르는 사이

저 앞에서 웃고 있는 게 인생이다

인생을 즐기며 살자

되도록이면 서로의 마음을 나누고

무거운 짐을 나누어지고

기쁨을 공유하며

슬픔도 함께하며

고통의 짐을

서로 어깨에 짊어지고 나아가자

먼 훗날 누군가가 기대고 앉아

편히 쉴 수 있는 한 그루 나무가 되자

때론 수수하고 때론 화사하게

그것이 인생이다

인생은 그런 것이다

_김옥림, 〈인생〉

나 또한 니체의 생각과 같습니다. 나는 이런 내 생각을 인생이란 시로 써서 우리의 청춘은 물론 사는 게 힘들고 고달픈 이들에게 용기를 주고 희망을 주고 싶었습니다.

자신의 인생을 잘 살았던 동서고금의 성공적인 인생들은 자신에게 주어진 역경을 극복했듯이 자신의 인생을 극복하고 스스로를 격려하며 활짝 웃는 당신이 되기 바랍니다.

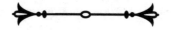

독수리의 비상에서
배우는 삶의 철학

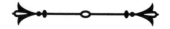

　하늘을 지배하는 새들의 제왕인 독수리. 몸길이는 약 1.2m, 펼친 양 날개의 폭이 2m가 넘고, 먹이는 새, 토끼, 작은 노루. 여우 등의 포유류와 파충류들입니다. 독수리는 사는 지역에 따라 그 종류도 매우 다양합니다.

　독수리는 알을 깨고 나오면 깃털도 안 난 새끼들끼리 본능적으로 서로 물어뜯고 싸웁니다. 그래서 힘 약한 새끼는 죽고 말지요. 어미 독수리는 새끼들이 싸우는 것을 보고도 말리지 않습니다. 끝까지 남아 있는 새끼에게만 먹이를 주지요. 사람들 관점에서 볼 땐 한없이 비정해 보이지만 이것이 바로 독수리가 살아가는 방법이며 강할 수밖에 없는 이유입니다.

독수리는 새끼가 어느 정도 자라서 성체가 되면 절벽에서 뛰어내려 날도록 연습을 시킵니다. 이렇게 반복적으로 연습하다 보면 바람이 부는 방향에 따라 자유자재로 날개를 접었다 폈다 하며 부드럽게 하늘을 납니다. 또한, 공기의 흐름을 이용해 힘들이지 않고도 기류를 따라 하늘을 날기도 하지요.

독수리는 시력이 좋아서 1km 상공에서도 쥐와 같은 작은 동물의 움직임도 알아챈다고 합니다. 그리고 쇠갈고리 같은 발톱의 움켜쥐는 힘은 어른들 악력에 무려 10배가 넘는다고 하니 참 대단하지 않을 수 없습니다. 독수리가 하늘의 제왕이 될 수 있는 조건은 몸 크기, 날카로운 부리, 쇠갈고리 발톱, 예리한 시력이라고 할 수 있지요.

독수리가 넓은 하늘을 자유롭게 날기까지는 몇 번이나 약한 날개 때문에 강풍에 땅에 떨어지곤 한다. 그 연습을 견디지 못했다면 그 독수리는 땅 위를 기어 다녔을 것이다.

이는 마돈나 파커의 말로 독수리가 강해질 수밖에 없는 이유에 대해 잘 말해주고 있습니다. 결국, 사람이든 독수리든 강한 존재가 되기 위해서는 자신을 단련시켜야 함을 말합니다.

그렇습니다. 이 세상에 존재하는 그 어떤 것도 저절로 강해지지 않습니다. 강해지기 위해서는 몸을 사리지 말고 연습에 연습을 거듭해야 합니다. 그 어떤 연습도 사람을 속이지 않는 법이니까요.

우리는 스스로 강해질 필요가 있습니다. 통계수치로는 점점 살기 좋아진다고 하나 실제에서는 그렇지 않은 것 같습니다. 점점 다양화 다변화 되는 세상에서 자기가 원하는 길을 가기 위해서는 자기만의 강한 삶의 기술을 터득해야 합니다. 그렇지 않으면 도태될 수밖에 없습니다.

그 어떤 것도 의지하지 마십시오. 의지해야 할 사람은 바로 자기 자신입니다. 자신은 자신이 지키고 가꿔나가야 합니다.

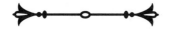

편하게 쉽게
가려고 하지 말라

미국의 자연주의 시인인 로버트 프로스트$^{Robert\ Frost}$의 〈걸어보지 못한 길〉을 보면 두 갈래 길을 놓고 어느 길로 갈지에 대해 선택의 고민을 하는 시적화자^{詩的話者}를 볼 수 있습니다. 왜냐하면, 한쪽 길은 사람이 많이 다녀간 길이고, 다른 한쪽은 사람이 덜 지나가 수풀로 우거졌기 때문입니다.

고민에 잠겼던 화자는 사람의 발길이 덜 닿은 길을 택합니다. 그리고 이렇게 말합니다. 그것이 나의 운명을 바꾸었다고. 다음의 시구는 〈걸어보지 못한 길〉의 마지막 연으로서 이에 대해 잘 알게 합니다. 한번 음미해보는 것도 좋을 것입니다.

> 오랜 세월이 흐른 다음
> 나는 한숨지으며 이야기를 할 것입니다.
> 두 갈래 길이 숲 속으로 나 있었다. 그래서
> 나는 사람이 덜 밟은 길을 택했고,
> 그것이 내 운명을 바꾸어 놓았다라고.
>
> _로버트 프로스트, 〈걸어보지 못한 길 중〉

살아가면서 사람은 본의 든 본의 아니든 늘 선택을 하게 됩니다. 식당에 가서도 무엇을 먹을까를 선택하고, 옷가게에 가서도 어떤 옷을 살까를 선택하고, 여행을 떠날 때도 어디로 갈까를 선택합니다. 소소한 일부터 큰일에 이르기까지 언제나 선택을 합니다.

그런데 자신이 무엇이 되는가를 선택하는데 있어서는 더더욱 고민에 빠지게 됩니다. 그 선택이 자신의 인생을 완전히 바꾸어 놓을 수 있기 때문입니다. 〈걸어보지 못한 길〉에서의 화자는 사람들이 잘 다니지 않은 길을 선택했지요. 사람들이 잘 안 다닌 길을 가려면 힘든 일이 많습니다. 그 길에 어떤 장애물이 있는지도 모르고, 어떻게 가면 잘 갈 수 있을지도 모르기 때문입니다. 한마디로 말해 편한 길이 아니라는 걸 알 수 있습니다.

그런데 그런 길을 가라고 말하는 사람이 있습니다. 독일의 대표적인 철학자이자 《순수이성 비판》으로 유명한 임마누엘 칸트Imamnuel Kant입니다.

합리적이거나 간단하거나 편한 것이 무언가가 옳다는 것은 아니다. 스스로 정한 것일 경우 특히 그렇다. 거기에는 작은 이기심이 숨어 있다.

_임마누엘 칸트

이처럼 칸트는 간단하고 편한 것이 옳지 않다고 말합니다. 특히 스스로 정한 것은 더욱 그렇다고 말합니다.

그렇습니다. 스스로가 선택한 것은 다분히 자기중심적이기 때문에 자기의 편리 위주일 수가 있습니다. 그러나 그런 선택은 더욱 나은 선택을 통해 더 나은 길을 갈 기회를 막아버리는 우를 범하게 되지요. 자신이 진정으로 원하는 길을 가려면 힘들고 어려움이 따르더라도 그 길을 선택해야 합니다. 그랬을 때 더 행복하고 더 보람 있는 인생이 될 수 있을 테니까요.

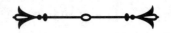

무엇이든 긍정적으로
생각하고 실행하기

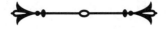

장애의 몸으로 사회주의 운동가로 교육자로 작가로 열정적인 삶을 살았던 헬렌 켈러^{Helen Keller}는 많은 사람에게 본보기가 되는 성공적인 인생을 살았던 철의 여인이었습니다. 정상적인 사람보다 몇 배, 몇십 배는 더 노력해야 하자니 그 고충은 말로 다할 수 없었을 것입니다. 그러나 자신의 꿈을 실행하기 위해 도전을 멈추지 않았습니다. 도전을 멈추는 순간 자신의 꿈은 물거품이 되고 말 거라는 생각에서였지요.

헬런 켈러는 정상적으로 태어났지만 심한 열병으로 시력과

청력을 잃어버리고 말도 할 수 없었습니다. 한 사람이 감당하기에 그녀의 장애는 마치 천형天刑과도 같았습니다. 운명치고는 너무도 가혹했습니다. 그녀의 부모는 절망감에 사로잡혔지만, 딸을 위해 방법을 찾기 시작했습니다. 헬렌 켈러의 운명이 바뀌기 시작한 것은 앤 설리번을 가정교사로 맞고 나서입니다.

헬런 켈러는 설리번으로부터 철저하게 교육을 받았습니다. 최악의 상황에서 공부하는 그녀나 가르치는 설리번 모두에게는 정상인들보다 몇 배의 인내심이 따랐지요. 설리번은 단어하나를 가르치기 위해 감각을 이용하고 손바닥에 글씨를 써주면서 반복하기를 거듭하였습니다. 설리번의 학습법은 매우 효과적이었습니다. 헬렌 켈러는 단어를 익히고 의미를 익혀나갔습니다. 이런 노력을 통해 펄킨스 시각장애학교에 입학하여 공부하게 되었지요. 그리고 뉴욕으로 이사하여 폭넓은 공부를 할 수 있었습니다. 그 후 헬렌 켈러는 케임브리지학교를 나와 레드클리프 대학교에 입학하여 좋은 성적으로 졸업하였습니다.

헬런 켈러는 사회운동에 뛰어들었습니다. 그녀는 장애인들을 위해 그들의 입장을 옹호하고 그들이 사회로부터 외면받지 않도록 노력하였습니다. 또 그녀는 여성들의 참정권을 주장하고 자유와 평화를 위해 노력하였지요. 그녀는 조지 케슬러와 함께 '헬렌 켈러 인터내셔널'이라는 단체를 설립하여 비전과 건강, 영양연구에 집중적으로 연구하였으며 '미국 자유 인권 협회'를 설립하는데 중추적 역할을 하였습니다.

그리고 그녀는 자서전 《내 삶의 이야기》, 《내가 사는 세계》, 《내 어둠 속의 빛》 등 12권의 책을 출간함으로써 작가로서의 입지를 넓혀나갔습니다. 그녀는 저작 활동으로 많은 사람에게 자신의 이름을 알렸습니다. 나아가 그녀가 전 세계적으로 이름이 알려지기 시작한 것은 장애를 극복한 이야기를 소재로 한 영화 〈미러클 워커〉를 통해서입니다.

헬렌 켈러는 많은 여행을 통해 긍정적이고 희망적인 삶에 관해 이야기를 전했으며, 전쟁을 반대하고, 이주노동자의 인권을 보호하고 인종차별정책에 적극적으로 대응하여 주목을 받았습니다. 그리하여 인권운동가로서의 해야 할 역할을 훌륭히 해내며 자신의 이름을 영원한 기록으로 남길 수 있었습니다. 다음은 헬렌 켈러의 긍정적이고 적극적인 마인드를 잘 알게 하는 글입니다.

최근에 나는 한참 동안 숲 속을 산책하고 방금 돌아온 친구에게 무엇을 보았느냐고 물어본 적이 있다. 그녀는 "별로 특별한 게 없었어."하고 말했다. 한 시간 동안이나 숲 속을 산책하면서 아무것도 주목할 할 만한 것이 없다니 그럴 수가 있을까. 나는 자신에게 물어보았다. 아무것도 볼 수가 없는 나는 단지 감촉을 통해서도 나를 흥미롭게 해주는 수많은 것을 발견한다. 나는 잎사귀 하나에서도 정교한 대칭미를 느낀다. 은빛 자작나무의 부드러운 표피를 사랑스러운 듯 어루만지기도 하고 소나무의 거칠고 울퉁불퉁한 나무껍질을 더듬어 보기도 한다. 때때로 이러한 모든 것들을 보고 싶은 열망에 내 가슴은 터질 것만 같다. 단지 감촉을 통해서도 이처럼 많은 기쁨을 얻을 수 있는데 볼 수만 있다면 얼마나 더 많은 아름다움을 발견할 수 있을까. 내일이면 눈이 멀지도 모른다는 생각으로 당신의 눈을 사용하라. 내일이면 귀가 먹게 될 사람처럼 음악을 감상하고, 새들의 노랫소리를 듣고, 오케스트라의 멋진 하모니를 음미하라. 내일이면 다시는 냄새도 맛도 느끼지 못하는 사람처럼 꽃들의 향기를 맡아보고, 온갖 음식을 한 스푼 두 스푼 맛보도록 하라.

_헬렌 켈러

헬렌 켈러는 말하지 못하고, 듣지 못하고, 보지 못하는 최악의 신체적 조건 속에서도 존경받는 인물이 될 수 있었던 것은 불가능을 불가능으로 보지 않고 가능성이 있게 바라보는 마인드를 가졌기 때문입니다.

살다 보면 전혀 생각하지 않았던 일로, 실패와 좌절로 인해 고통의 시기를 보낼 때가 있습니다. 그럴 때 무엇보다 필요한 것은 긍정적이고 적극적인 마인드입니다. 긍정적이고 적극적인 마인드를 잃지 않는 한 삶은 얼마든지 다시 일어설 수 기회를 선물로 줄 것입니다.

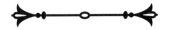

지금은 내 인생에
가장 소중한 순간

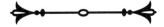

행운 같은 좋은 일이 사람을 찾아오기도 하지만, 일생을 살아가는 동안 그런 기회는 그다지 자주 찾아오지는 않습니다. 행운 같은 좋은 일을 맞아들이기 위해서는 자신이 계획을 세우고 그 계획에 따라 최선을 다해야 합니다. 그랬을 때 좋은 일이 찾아옵니다. 이때 느끼는 성취감은 이루 말할 수 없는 보람을 느끼게 합니다.

이렇게 하기 위해서는 적극적인 사고방식으로 자신을 새롭게 해야 합니다. 그리고 오늘 해야 할 일을 내일로 미루어선

안 됩니다. 지금이란 순간은 한번 흘러가 버리면 과거가 되고, 그 시간은 다시 되돌아오지 않습니다. 그래서 늘 자신에게 최면을 걸어야 합니다.

"나는 오늘 이 일을 꼭 해야 해. 오늘이 가면 나의 오늘도 영원히 내 곁에서 사라지고 말 거야. 마음을 추스르고 잠시 게을렀던 나의 행동을 반성해야 해. 오늘보다 나은 내일을 위해서 말이야. 자, 지금 하는 거야. 누구의 눈치도 볼 필요도 없어. 내가 하고 싶을 때 바로 지금 하는 거야."

이렇게 최면을 자신에게 걸다 보면 지금이라는 순간을 중요시하게 됩니다. 그래서 머뭇거리지 않고 적극적으로 행하게 되지요.

할 일이 생각나거든 지금 하십시오.

오늘 하늘은 맑지만, 내일은 구름이 보일런지 모릅니다.

어제는 이미 당신의 것이 아니니, 지금 하십시오.

친절한 말 한마디 생각나거든,

지금 말하십시오.

내일은 당신의 것이 안 될지도 모릅니다.

사랑하는 사람은 언제나 곁에 있는 것은 아닙니다.

사랑의 말이 있다면

지금 하십시오.

미소를 짓고 싶거든

지금 웃어 주십시오.

당신의 친구가 떠나기 전에

장미가 피고 가슴이 설렐 때

지금 당신의 미소를 주십시오.

불러야 할 노래가 있다면

지금 부르십시오.

당신의 해가 저물면 노래 부르기엔

너무나 늦습니다.

당신의 노래를 지금 부르십시오.

_로버트 해리, 〈지금 하십시오〉

로버트 해리는 이 시에서 지금이 가장 중요하다고 말합니다. 지금 이 순간 하지 못하면 지금의 이 순간은 다시 오지 못한다는 이유에서입니다.

나는 이 시를 읽을 때마다 늘 가슴이 요동치는 것을 느낍니다. 그리고 그 무언가를 지금 하지 않으면 두 번 다시는 하지 못할 것만 같은 생각에 기어코 하고야 마는 적극적인 생각을 하게 되었습니다.

할 일이 있으면 반드시 지금 하십시오.

지금 이 순간이 지나가기 전에 자신의 열정을 다 바쳐 지금 하십시오. 조금 전의 지금은 우리 인생에서 영원히 없는 것이니까요.

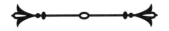

성공의
참된 가치관

일반적으로 사람의 성공이란 돈을 많이 벌어 부자가 되는 것, 높은 지위에 올라 부와 명성을 얻는 것이라고 말합니다. 하기야 돈이란 많으면 많을수록 좋고, 자리 또한 높으면 높을수록 좋고, 그에 걸맞은 명성이 함께 한다면 금상첨화겠지요. 그러나 이런 성공의 개념은 외적으로만 드러나는 것이지 인간의 내적인 성공은 아닙니다.

사람들의 성공적인 삶을 어찌 물질의 다소와 자리의 높낮이로만 평가할 수 있겠는지요. 사람이란 오묘하고 고귀한 존재며, 그 생각의 깊이와 가치관이 다 다를 터인데, 성공적인 삶의 개념 또한 여러 갈래로 정의하는 것 또한 당연하다고 생각합니다. 그러나 솔직히 말해 부와 높은 자리는 누구나 꿈꾸고 열망하는 것을 부인할 수는 없겠지요. 나 역시 가끔은 이런 생각이 든답니다.

그러나 이것은 어디까지나 생각 저편에서 가물거리는 호롱불과 같은 것이지, 내가 추구하는 삶은 아닙니다. 그렇다면 성공의 참된 가치관이란 어떤 것일까요? 다음 시는 미국의 시인이자 사상가인 랠프 왈도 에머슨의 〈성공이란〉 시로 성공에 대해 말하고 있습니다.

자주 그리고 많이 웃는 것.

현명한 사람들로부터 존경을 받는 것.

아이들의 호감을 사는 것.

솔직한 비평가들의 인정을 받는 것.

미덥지 못한 친구들의 배반을 참아내는 것.

아름다움을 식별할 줄 아는 것.

다른 사람에게서 최선의 것을 발견하는 것.

건강한 아이를 낳든

한 떼기의 정원을 가꾸든,

사회 환경을 개선하든 간에

세상을, 자기가 태어나기 전보다

조금이라도 더 살기 좋은 곳으로 만드는 것.

자신이 살았었기에

단 한 사람이라도 좀 더 마음 놓고 살아간다는 사실을 아는 것.

이것이 성공이다.

_랠프 왈도 에머슨, 〈성공이란〉

에머슨이 말한 성공의 가치관은 자신의 출세와 영달을 위한 삶이 아니라 자신에게나 남에게 있어, 또 사회적으로 보람이 있는 일입니다. 그러나 에머슨의 이러한 성공의 가치관은 현대를 살아가는 사람들에게 공감을 주지 못할지도 모릅니다.

대개의 사람이 꿈꾸는 성공이란 좋은 집에서 좋은 음식을 먹고 좋은 차를 굴리며 많은 사람의 시중을 받으며 여유롭고 호화로운 삶을 즐기는 것이지요. 한 번뿐인 인생, 이 한 번뿐인 인생을 어찌 무덤덤하게 살아갈 수 있단 말인가, 라고 많은 사람은 말할 것입니다.

그러다 보니 욕망의 깃발을 펄럭이기 위해 사람들은 저마다 돈을 향해 눈과 귀를 세우고 혈안이 되고 있습니다. 삶이 온통 돈으로만 보이고, 돈이야말로 삶의 가장 이상적인 성공이라고 믿습니다. 그러나 이러한 생각엔 독毒이 들어 있습니다. 자신의 욕망을 채우려다 보면 불법不法을 자행하게 되기도 하고, 남을 곤경에 빠트리게도 하고, 도덕적 가치관이나 정체성의 혼란 속에 빠져들 수도 있습니다.

그러나 진정한 성공의 참된 가치관은 이와는 정반대입니다. 가치 있는 성공적인 삶은 자신의 존재를 한층 높여 주고, 행복과 기쁨을 가져다줍니다. 비록 물질은 부족할지 모르지만 그런 사람들의 마음은 누구보다도 부자입니다. 이런 감정은 돈으로는 절대 살 수 없습니다.

나보다 남을 배려하는 삶, 나보다 남을 행복하게 하는 삶, 작은 일에 감사할 줄 아는 마음, 내 것을 나누어 줄줄 아는 마음, 나의 노력을 타인을 위해 베풀 수 있는 마음, 서로 협심하고 좋은 인간관계를 만들고, 사회를 만들 수 있는 마음이야말로 참된 성공의 가치관이라고 할 수 있습니다.

에머슨이 말하고자 했던 성공적인 삶이 바로 이러한 삶입니다. 이런 삶이야말로 품격이 있고, 삶의 가치를 최고로 높이는 것입니다.

평생을 가난하게 살면서도 결코 추하거나 비굴하지 않았

고, 나보다도 다른 사람들을 위해 살다간 많은 사람, 그리고 지금 이 순간도 음지에서 수고하고 애쓰는 이름을 알 수 없는 사람들이 바로 성공한 삶을 사는 것입니다. 에머슨의 이 단순하고 평이한 〈성공이란〉 시가 우리 모두를 가치 있는 삶으로 인도하는 '삶의 빛'이 되었으면 합니다.

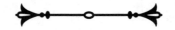

그래도 해라,
그것이 최선이다

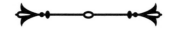

사람들은 불합리하고, 비논리적이고 자기중심적이다,

그래도 사랑하라.

당신이 선한 일을 하면 이기적인 동기에서 하는 거라고 비난

받을 것이다,

그래도 좋은 일을 하라.

당신이 성공하면 거짓된 친구들과 참된 적을 만날 것이다,

그래도 성공하라.

오늘 당신이 선을 행하면 내일은 잊혀 질 것이다,

그래도 선을 행하라.

당신이 정직하고 솔직하면 상처받을 것이다,

그래도 정직하고 솔직하라.

당신이 여러 해 동안 공들여 만든 것이 하룻밤 사이에 무너질지도 모른다,

그래도 만들라.

사람들은 도움이 필요하면서도 도와주면 공격할지도 모른다,

그래도 도와줘라.

세상에서 가장 좋은 것을 주면 당신은 발길로 차일 것이다,

그래도 가진 것 중에서 가장 좋은 것을 세상에 주라.

이 글은 인도 콜커타Kolkata어린이집 쉬슈브하반의 벽의 표지판에 있는 〈그래도〉라는 글입니다. 나는 이 글을 읽고 나서 많은 감동을 하였습니다. 이 글에 쓰인 글 하나하나가 싱그러운 풀꽃처럼 생생하고, 아침 햇살을 받아 영롱히 빛나는 해맑은 이슬처럼 맑고 곱습니다.

'그래도 하라'는 이 평범한 말 속엔 변명할 여지와 부정할 여지가 없습니다. 그냥 생각하는 대로 하라. 거기엔 어떤 조건이나 단서가 붙지 않는 아름다운 명령일 뿐이고, 순종의 의미가 담겨 있습니다.

마더 테레사 수녀.

20세기의 성녀라고 일컬음을 받는 사랑과 실천의 아름다운 삶을 이 세상에 꽃씨처럼 뿌려주고 간 여자. 그녀는 그 어떤 말로도 칭송할 수 없을 만큼 소중하고 존귀한 삶을 살았습니다. 평생을 헐벗고 굶주리고 아프고 병든 사람들의 친구이자 어머니로 살아온 그 아름답고 숭고한 삶은 두고두고 칭송받아 마땅하며, 삶의 교훈으로 남을 것입니다.

〈그래도〉라는 글 속에 담긴 내용을 보면 자신의 신념이 분명하고 확고하면 누가 뭐래도, 설사 손가락질하며 비난이 따라와도 하라는 것입니다. 명예가 짓밟혀도 무시하고, 발길로 차여도 무시하고, 공격을 받을지라도 무시하고, 상처를 받게 될지라도 무시하고, 자신이 공들여 만든 것이 하룻밤 사이에 무너질지라도 무시해버리고 그래도 하라는 것입니다.

이 말처럼 아낌없이 살다간 마더 테레사 수녀, 그녀의 삶은 그래서 더욱 맑고 아름답습니다.

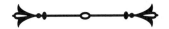

운명과 인생은
자신이 만드는 것

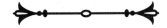

사람은 대개 자기의 운명을

그 스스로가 만들고 있다.

운명이란 외부에서 오는 것 같지만

알고 보면 자기 자신의 약한 마음, 게으른 마음,

성급한 버릇, 이런 것에서 온다.

어진 마음, 부지런한 습관, 남을 돕는 마음,

이것이야말로 좋은 운명을 여는 열쇠이다.

운명은 용기 있는 자 앞에서는 약하고

비겁한 자 앞에서는 강하다.

_세네카

세네카는 자기의 운명運命은 자기 스스로 만든다고 말했습니다. 그러나 대개의 사람이 운명은 타고나는 것이라고 말합니다. 이러한 말이 상당히 설득력 있는 것은, 좋은 환경을 갖춘 집에서 태어난 사람과 그와 정반대의 환경에서 태어난 사람을 비교해 보면 알 수 있습니다. 이런 것을 보면 운명은 만드는 것이 아니라 이미 만들어져 있다는 것입니다.

그런데 세네카는 자신의 약한 마음, 게으른 마음, 성급한 버릇이 운명을 만든다고 말했습니다. 그러나 이러한 그릇된 운명은 어진 마음, 부지런한 습관, 남을 돕는 마음으로 좋은 운명이 된다고 했습니다. 그리고 그는 운명은 용기 있는 사람에겐 약하고 비겁한 사람에겐 강하다고 말했습니다.

당신은 이 운명에 대해 어떻게 생각하는지요? 운명은 타고나는 것인가요, 아니면 만들어지는 것인가요?

한마디로 이것이다, 라고 딱히 말할 수는 없지만, 최선을 다하는 인생, 부지런한 인생, 좋은 품성을 기르는 인생, 더불어 행복하게 사는 인생이야말로 그 어떤 운명도 자기의 것으로 만드는 게 아닐까, 합니다.

당신의 운명은 당신이 만들어 가십시오. 아름답고 넉넉하고 풍요롭게 그래서 모두가 행복할 수 있도록 적극적으로 만드십시오.

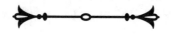

적응하는 삶에
익숙해지기

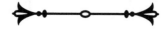

사람이 살아가려면 그 어떤 조건이나 환경에 적응하기를 요구 받습니다. 그래서 적응하는 사람은 삶이 순조롭고, 적응하지 못하는 사람은 삶이 굴곡지고, 힘들어 하는 경우를 종종 보게 됩니다.

적응이라는 말은 '둥글게 둥글게 살아가는' 이란 의미로 볼 수 있는데 돌이나 쇠붙이는 깨지거나 부러지지만 물은 어떠한 경우에도 깨어지는 법이 없습니다. 물은 액체이며 액체는 젖어들거나 스며들거나 홈을 따라 흐르는 속성이 있습니다. 그러기 때문에 물은 그 어떤 조건하에서도 적응을 잘하는 것입니다. 이에 대해 노자는 다음과 같이 말했습니다.

단단한 돌이나 쇠는
높은 데서 떨어지면 깨지기 쉽다.
그러나 물은 아무리 높은 곳에서 떨어져도
깨지는 법이 없다.
물은 모든 것에 대해서 부드럽고 연(軟)한 까닭이다.
저 골짜기에 흐르는 물을 보라.
그의 앞을 막아서는 모든 장애물에 대해서
스스로 굽히고 적응함으로써 줄기차게 흘러
드디어는 바다에 이른다.
사람도 적응하는 힘이 자제로워야
부닥치는 운명에 굳센 것이다.

_노자

노자의 말을 보면 물처럼 그 어떤 상황에서도 적응을 하라는 것입니다. 적응을 하되 적응하는 힘이 자제로워야 한다고 말합니다.

그렇습니다. 적응하는 힘, 이것이야말로 현대의 삶에서 절대적으로 필요한 것입니다.

그 어디에도 적응할 수 있는 적응의 힘을 기르십시오. 자신의 꿈을 훨훨 펼쳐 나아갈 수 있도록 적응력을 키우기 바랍니다.

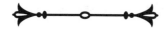

목적이 있는
인생은 아름답다

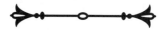

인생은 누구에게도 편안한 것은 아니다.

그러나 그러한 것은 아무렇지도 않다.

인내와 특히 자신을 갖는 것이 필요하다.

우리는 무엇이든 재능을 가지고 있다는 것.

그리고 무엇인가에 어떠한 희생을 치를지라도 도달하지 않아

서는 안 된다는 것을 믿지 않아서는 안 된다.

_마리 퀴리

이는 여성으로 두 개의 노벨상을 받은 퀴리 부인이 한 말입니다. 퀴리 부인의 본명은 마리 퀴리[Marie Curie]로 남편인 피에르 퀴리의 성을 따 퀴리 부인으로 널리 불리고 있는 것입니다.

노벨 물리학상과 노벨 화학상을 받은 여성과학자 마리 퀴리, 대개의 사람은 그녀가 영특함과 뛰어난 재능의 소유자임을 잘 알고 있을 것입니다. 러시아에 점령당한 조국 폴란드를 떠나 프랑스에서 어렵게 공부하여 그녀는 대과학자가 되었던 것입니다.

마리 퀴리가 가난한 유학생으로 돈을 아끼느라 한겨울에도 냉기로 가득한 다락방에서 이불을 뒤집어쓰고 손을 입김으로 불며 공부를 한 일화는 너무도 유명합니다. 그녀는 앞이 보이지 않을 것만 같은 현실에서도 공부만이 오직 자신의 미래를 구현시킬 수 있음을 믿고 공부에 열중한 끝에 성공적인 인생이 될 수 있었습니다.

마리 퀴리가 한 말에서 보듯 그녀는 인생이란 누구에게나 힘들고 고통스러운 것이라고 말합니다. 그렇지만 그것은 문제가 되지 않는다고 힘주어 강조합니다. 왜냐하면, 인내심과 자신감이 있다면 그러한 것은 문제가 되지 않는다는 것이지요. 그리고 사람에겐 누구에게나 재능이 있다고 주장합니다. 그리고 더 중요한 것은 어떠한 희생을 치러서라도 자신의 목적에 반드시 도달해야 한다고 말합니다. 참으로 자신감에 넘치는 말입니다. 이런 자신감 넘치는 말은 고난과 역경을 극복하고 환희의 삶을 맛본 자만이 할 수 있는 말입니다.

마리 퀴리는 자신이 그와 같은 인생을 살았었기에 그와 같은 말을 금언으로 남길 수 있었던 것입니다.

나는 마리 퀴리가 한 이야기에 크게 공감하고, 나 또한 나의 미련하고 여물지 못한 생각과 마음을 견고히 하여 내가 세운 목적에 도달해야겠다는 신념을 나 자신에게 다짐해 보곤 합니다.

성공적인 인생, 승리자의 인생, 그것은 그럴만한 가치를 치르고서야 획득할 수 있는 가장 정직한 삶입니다.

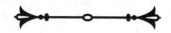

긍정적인 삶이
나를 멋지게 한다

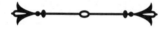

"나는 할 수 있다 Yes I Can"

이 말은 하는 사람이나 그 말을 듣는 사람에게 신선한 자극과 용기를 심어줍니다. 우리가 어떤 일을 하기도 전에 "아, 그일을 내가 어떻게 하지, 나는 자신이 없어."라고 말한다면 정말로 그 일을 해낼 수 없게 됩니다. 그러나 "나는 할 수 있어, 나는 해내고야 말 거야."라고 말한다면 정말로 해내고야 맙니다. 이 말은 내 말이 아니라 성공적인 삶을 살았던 사람들의 한결같은 말입니다. 선입견을 품는다는 것은 두 가지의 양상으로 나타날 수 있는데 첫째는 긍정적이며, 둘째는 부정적인 현상입니다.

즉 선입견을 좋게 가질 때는 긍정적으로 결과가 나타나지만, 부정적으로 가질 때는 나쁜 결과가 나타나게 됩니다.

일을 시작할 적에 그 일이 고통스러운 일이라는 선입관념을 갖는 것은, 피로를 배가하는 원인이 된다. 혹은 일을 대할 때 상을 찡그리고 고통의 표정을 나타내는데 그랬다고 일이 더 잘되는 것도, 더 빨리 되는 것도 아니다. 그러한 표정은 조금도 정신활동에는 관계가 없는 것이다. 이왕이면 가벼운 태도로 일을 시작하라! 정력적인 일을 하는 사람을 보면 가벼운 태도로 오히려 무거운 일들을 처리해 나가고 있다.

_데일 카네기, 〈카네기 처세술〉

카네기는 이러한 자기의 주장을 통해 더욱 긍정적이고, 능동적이며, 넉넉한 마음을 가지라고 말합니다. 참으로 일리가 있고 지혜로운 생각이 아닌가 합니다.

긍정적인 사람, 능동적인 사람이 되어야 합니다. 그렇게 될 때 자신이 원하는 것을 얻을 수 있을 테니까요.

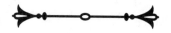

실패를
넘어서 가는 법

나는 젊었을 적에 정치에 뜻을 세우고 여러 가지 쓰라린 일을 많이 겪었고, 실패도 한두 번이 아니었다. 그러나 굴하지 않고 걸어온 덕택으로 이렇게 대통령이 될 수 있었다. 생각하면 나의 생애는 일곱 번 넘어지고, 여덟 번 일어났던 것이다.

_프랭클린 루스벨트

조지 워싱턴, 에이브러햄 링컨, 윌슨, 로널드 레이건 등과 더불어 미국 역대 대통령 중 가장 뛰어난 대통령 중 한 사람으로 평가받는 프랭클린 루스벨트. 그는 미국 역사상 4선이라는 진기록을 세운 대통령으로서 미국 국민의 신망과 존경을 한 몸에 받은 뛰어난 인물이었습니다. 그는 소아마비를 앓아 다리에 장애를 입었음에도 국가와 국민을 위해 최선의 노력을 다했던 것입니다.

미국 국민이 대공황으로 경제적 어려움을 당했을 때 뉴우딜New Deal정책을 내세워 국가와 국민이 혼란과 역경을 극복하고 새롭게 도약할 수 있게 하였습니다.

그랬던 그가 고백하기를 일곱 번 넘어지고 여덟 번 일어났다고 말합니다. 그의 성공 뒤에는 이루 말로 다할 수 없는 고통과 역경이 있었으며 실패를 밥 먹듯 했다는 것을 잘 알 수 있습니다. 거듭된 실패에도 전혀 기가 죽거나 자신감을 잃지 않고 실패를 두려워하지 않았던 그의 투철한 정신과 사명의식이 자신을 성공한 대통령으로 만들었던 것입니다.

우리는 성공한 사람들의 삶의 과정은 순탄했을 거라고 짐작하고 그들의 삶을 부러워하곤 합니다. 그러나 성공한 삶을 살았던 사람들은 실패의 쓴잔을 마셔가면서 승리의 주역이 되었던 것입니다. 실패를 두려워하지 않는 삶, 그것이 성공의 열쇠인 것입니다.

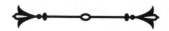

그 어떤 성공도
우연히 오는 것은 없다

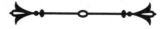

<u>나는 우연히 성공한 것이 아니라 꾸준히 노력하여 성공한 것</u>
<u>이다.</u>

_어니스트 헤밍웨이

　헤밍웨이는 창작을 할 때 경험을 중요시하는 작가로 자신
의 경험을 녹여내 독자들의 공감을 획득한 리얼리티 소설의
대표적인 작가로도 유명합니다.
　헤밍웨이는 고등학교를 마치고 노동으로 생활하던 중 제1

316

차 세계대전에 지원하여 전투에서 상처를 입는등 숱한 고난의 세월을 보냈습니다. 그러던 그가 작가의 길로 들어서며 새로운 인생을 맞이합니다.

그는 전쟁에 참전한 경험을 담아 쓴 《무기여 잘 있거라》로 작가의 지위를 확고히 하고 《노인과 바다》로 퓰리처상과 1954년에 노벨문학상을 받는 쾌거를 이룹니다.

그는 자신의 성공을 우연이 아니라고 강력하게 말합니다. 그리고 자신의 성공은 꾸준한 노력으로 이룬 결과라고 겸손하게 고백합니다.

세계적으로나 우리나라 역사적으로나 찬찬히 살펴보면 부모의 풍족한 배경으로 쉽게 성공한 사람들도 있지만 큰 성공을 거둔 자들의 삶 뒤에는 피와 땀이 흠뻑 배어 있음을 잘 알 수 있습니다. 우연한 성공을 기대한다는 것은 허망한 무지개를 좇는 것과 같습니다. 왜냐하면, 무지개는 손에 닿을 듯 가까이 있는 것 같지만 다가가면 갈수록 한 발짝 뒤로 물러섭니다.

이는 무엇을 말하는 걸까요. 변변한 노력 없이 무엇을 이루려 한다면 그것은 곧 허망한 무지개를 좇는 것과 같습니다. 자신의 꿈을 이루는 가장 확실한 방법은 꾸준한 노력, 포기를 모르는 끈기, 실패를 두려워하지 않는 강인한 정신입니다.

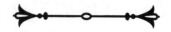

한국인의 얼,
선비 정신

거울에 먼지가 끼면 잘 보이지 않는다.

사흘 책을 읽지 않으면 마음에 녹이 슨다는 말도 있다.

닦지 않고 버려두면 모든 것은 흐려지고 만다.

한 번 이발했다고 언제까지나 말쑥하지는 않다.

머리와 수염은 다시 자란다.

늘 마음을 닦고 가꾸지 않으면

맑고 올바른 행동을 보전하지 못하게 될 것이다.

앞에 말은 '동양명언'으로 마음을 닦고 가꾸지 않으면 맑고 올바른 행동을 보전하지 못한다고 말합니다.

사람 마음은 대리석과 같아 어떻게 마음을 갈고 다듬느냐에 따라 인품이 달라지고, 몸가짐이 달라지고, 그 삶의 방식이 달라집니다. 옛사람들은 늘 마음과 자세를 반듯이 하여 흐트러짐을 경계하였다고 합니다.

우리나라 조선 시대의 대쪽같이 올곧은 정신의 대표적인 부류의 인물군群인 선비, 그리고 그들만의 마음의 중심인 선비 정신.

나는 '선비'라는 말을 참 좋아하고 선비 정신을 닮았으면 하는 마음가짐을 늘 가지려고 노력합니다. 선비는 고결한 인품을 지닌 대표적인 인물의 표상이며, 선비 정신은 그 어떤 상황에서도 자신을 포기하지 않는 대표적인 한국의 얼 즉 고결함의 상징이기 때문입니다.

그러나 이런 고결한 품격의 정신이 마음먹는다고 길러지는 것은 아닙니다. 늘 몸과 마음을 갈고 닦는 실천의 노력이 있어야 합니다. 그래서 때로는 힘에 부칠 때도 잦고, 그 의기가 너무도 굳세 고도한 정신력이 필요하지요.

거울에 먼지가 끼면 잘 안 보이듯이 마음에 더러운 욕망의 먼지가 끼게 되면 혜안이 흐려지고 사리 판단력이 떨어져 그릇된 길을 걸어가는 불행한 종말을 맞이할 수도 있습니다.

늘 마음을 닦는 노력, 이것이야말로 사람다운 사람의 길로 가는 슬기가 아닌가 합니다.

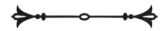

나폴레옹과
유비무환 有備無患

나는 언제나 노동하고 있다. 그리고 늘 생각한다.

내가 항상 어떠한 일에 당면했을 적에 당황하지 않고 곧 처리

하는 것은 미리 여러 가지 때를 대비해서 잘 생각해 두었던

까닭이지 내가 천재여서 그런 것은 아니다.

_보나파르트 나폴레옹

    세계 4대 영웅의 한 사람인 보나파르트 나폴레옹은 독서광

으로도 유명한 인물입니다. 그는 전쟁터에도 책을 가지고 가

서 읽었으며, 훗날 권좌에서 쫓겨나 세인트헬레나 섬에서 유배생활을 할 때도 수천 권이 넘는 책을 읽었다고 하니 그의 엄청난 독서욕에 감탄을 금할 수가 없습니다.

이러한 나폴레옹은 프랑스의 황제이면서도 자신은 언제나 노동을 하고 있다고 생각했습니다. 그리고 늘 어떤 어려움에 부닥쳤을 적에 당황하지 않고 그것을 곧바로 처리한 것은 미리 여러 가지 경우를 대비해서 잘 생각해 두었던 까닭이며, 자신은 천재가 아니라고 했습니다.

나는 여기서 그의 철저한 준비 정신이 그를 프랑스의 황제로 만들었으며 세계사에 길이 남을 영웅이 되었다고 생각합니다.

우리는 흔히 왕이나 영웅은 하루아침에 만들어지지 않는다고 말하곤 합니다. 나폴레옹의 이야기에서 보면 이것이 증명이라도 되듯 절묘하게 맞는다는 것을 알 수 있습니다.

자신이 무언가가 되고 싶고 자신이 원하는 길을 가기 위해서는 철저하게 대비하고 실력을 쌓아야 합니다. 그렇게 준비를 한 다음 기회를 엿보아야 기회가 왔을 때 그 기회를 자신의 것으로 만들 수 있습니다.

미리미리 준비하는 정신, 그것이 평범한 사람도 영웅이 되게 함을 믿어야 하지 않을까, 합니다.

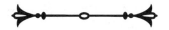

최선의 방법이
최상의 지혜이다

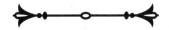

자신이 지혜로운 사람임을 내세우지 마라.

또한, 정신적인 것에 관심이 없는 사람들과 정신적인 것을 토론하려고 하지 마라.

행동을 통해 그대의 인격과 그대가 걷고 있는 삶의 길을 보여주라.

그것이 최고의 방법이다.

_에픽토스

이는 고대 그리스 스토아학파 철학자 에픽테토스가 한 말입니다. 에픽테토스는 고대 그리스 철학자 중 현자라 일컬음을 받던 소크라테스, 디오게네스와 어깨를 나란히 견주었던 높은 철학적 성과를 이룬 사람입니다. 그는 노예 출신이라는 비천한 신분이었지만 매사를 너그러운 눈으로 바라보았고, 깊은 사색과 학문적 성과로 많은 그리스 사람들로부터 존경을 받았습니다.

그가 말한바 삶의 최고의 방법은 자신을 지혜로운 사람이라고 내세우지 말고, 정신적인 것에 관심이 없는 사람들과 토론하지 말며, 행동을 통해 자기 삶의 길을 보여 주라고 했습니다.

많은 사람은 자신이 가지고 있는 지식과 학문, 부와 명성을 내세우며 자신이 지닌 능력을 과시합니다. 그런 사람들의 심정을 어느 정도는 알 것 같습니다만, 그것이 지나치면 오히려 인격의 모남을 의심받을 수 있고, 도덕적 가치관을 상실할 수 있습니다. 이는 그들의 성과는 인정하되 그들을 존경하거나 우러러보지는 않는다는 것과도 같다고 하겠습니다.

'속이 꽉 찬 사람'이란 말이 있습니다.

이 말의 의미는 다중적이라고 할 수 있겠습니다. 그러나 여기서 말하고자 하는 것은 인격과 인품이 잘 갖춰져 있어 도량이 넓고, 생각이 깊어 매사에 신중하고, 중심이 반듯하여 좌우로 흐트러짐이 없어 경거망동하지 않는 사람을 말합니다. 이러한 성품의 사람들은 남과 경쟁하는 것을 달갑게 생각하지 않습니다. 있는 듯 없는 듯, 하는 듯 마는 듯, 제 일을 해나갑니다.

지나친 경쟁의식은 자신에게나 상대방에게 악영향을 끼칠 수 있고, 그로 인해 깊은 마음의 상처를 입을 수도 있습니다. 그래서 지혜롭고 덕망이 있는 사람은 쓸데없는 경쟁의식에 사로잡히는 법이 없고, 오직 자신에게 채찍을 가하며 주마가편 식의 성심을 다합니다. 그렇게 꾸준히 하다 보면 믿기지 않을 만한 성과를 이루게 됩니다. 이것이야말로 자기 인생에 있어 최선의 길이 아닐까 합니다.

멋지게 나이들기로 마음 먹었다면

나는 오늘 삶의 철학을 배우기로 결심했다!

점점 세상과 이별하는 시간이 가까워진다 생각하니, 하루하루의 삶의 무게가 예전과는 다르게 느껴진다. 과거엔 하루를 헛되이 살면 그 하루로 끝났지만, 지금은 하루를 헛되이 살면 일주일을 아니 한 달을 아니 일 년을 잘 못 살 것처럼 여겨진다. 그래서 마음을 다잡게 되고, 나를 돌아보게 된다.

김욱림 지음

당신은 문제해결에 얼마나 탁월한가?

논리적인 삶을 위한 뇌섹 어드바이서(書)

논리적 추론을 배워 익히면 사물의 겉모습 뒤에 숨어있는 복잡한 내면까지 알아낼 수 있다. 이러한 능력은 문제를 정확하게 인지하고 해결하는 데 큰 도움이 되며, 나아가 당신의 성공 여부를 결정하는 요소 중 하나로 작용한다.

위레이 지음 · 송은진 옮김

유대인 대화법

유대인의 저력은 창조적인 말의 힘에 있다

말은 곧 사람인 것이다. 유대인은 경쟁력과 저력을 갖출 수 있었던 네 가지 요소를 통해 그들만의 '말의 힘'을 지니게 되었다. 이를 '유대인의 말'이라고 한다. 유대인은 그 오랜 세월 숱한 고난과 시련을 겪었음에도 매우 낙천적이고 낙관적인 마인드를 지니고 있다. 그리고 유머를 잃지 않는다. 유대인의 이런 마인드는 말을 표현하는 데 있어 그대로 나타난다.

김옥림 지음

서래books